Wie im Leben so schlägt es auch hier zu Buche:
ganz klar und eindeutig ungeordnet.
Van de hak op de tak, vom Hundertsten ins Tausendste.
Buch-Führung? Kein Thema!

Na denn, meine Damen und Herren, ich wünsche Ihnen größtmögliches Vergnügen & sage, ganz im Sinne der Evolution:

Vielen Dank für Ihre Existenz!

Ihr

Piet Klocke

»Kann ich hier mal eine Sache zu Ende?!«

Aus dem Lateinischen übersetzt von
Kai Muecke & Leonie Schönling

WILHELM HEYNE VERLAG
MÜNCHEN

Bildnachweis:

Gemälde auf S. 268: Giorgio de Chirico „Il Ritorno al Castello Avito" („Rückkehr zum Schloss"); © Fondazione Giorgio et Isa de Chirico, Rome; © VG-Bild-Kunst, Bonn 2011

S. 129: © Bettmann/CORBIS

Gemälde auf S. 71: © Apres L'Incal, tome 1, Jodorowsky & Moebius, 2011, © „LES HUMANOÏDES ASSOCIÉS S. A. S., Paris"

Gemälde auf S. 263: preparatory drawing for ‚arzach' by moebius, 1995 © moebius production

Alle anderen Bilder und Illustrationen: privat

FSC
www.fsc.org
MIX
Papier aus verantwortungsvollen Quellen
FSC® C004229

Verlagsgruppe Random House FSC®-DEU-0100
Das für dieses Buch verwendete FSC®-zertifizierte Papier *Hello Fat Matt 1,1*
liefert Condat, Le Lardin Saint-Lazare, Frankreich

2. Auflage
Originalausgabe 11/2011

Umschlaggestaltung: Hauptmann & Kompanie Werbeagentur, Zürich,
unter Verwendung einer Illustration von Johannes Mertens
Satz: Greiner & Reichel, Köln
Druck und Bindung: Druckerei Uhl, Radolfzell
Printed in Germany 2011
ISBN 9-783-453-60162-8

www.heyne.de

Zur Einstimmung:

Dota, die Kleingeldprinzessin (in *Bis auf den Grund*):

„Die Liebe ist ein Bonbon
und löst sich ganz langsam auf …“

„Die Liebe ist ein kleines Tier,
vielleicht läuft es eines Tags fort,
man fragt im Tierheim: Ham Sie noch so eins
und dann ist keins dort …“

Hans Moser (singt als Postbeamter):

„… am meisten frag’n die Liebesleut’,
die können’s kaum erwarten,
doch wann’s einmal verheirat’ sein,
dann schreib’n sie bloss nur Karten.“

Search results

You searched for "**piet klocke**"

NARROW SEARCH

Did you mean "**poet clock**"?

Sorry, we couldn't find anything

Piet Klocke, der Roy Orbison der deutschen Komödianten

Nach dem Abitur bot ich mich bei einer Firma als Sachverständiger an, wurde aber mit der Bemerkung abgelehnt, man wüsste bereits alles.

Erinnerungsfoto meiner ersten und letzten Anstellung als Hilfskraft auf dem Campingplatz Marina di Carrara. Hier beim hoch konzentrierten Einsatz zur Überwachung trocknender Wäsche. Wie zu erkennen, versuchte ich schon früh, mit Freundlichkeit weiterzukommen. Ein fataler Irrtum, auch ohne Steuerkarte.

Als Student habe ich mir mit gelegentlichen Schlossführungen ein Zubrot verdient. Inzwischen stehn gottlob alle wieder an ihrem Platz.

Brille ohne mich

Mit meinem Gesicht könnte ich Bodybuilding machen,
es würde nichts nutzen!

Alles Leben entstand mittels Evolution.
Mit diesem Satz bringt man die Fruchtfliege auf die Palme, denn sie behauptet, es gab sie schon vorher.
Schon bevor das All entstand, saß sie bereits auf Obst und Süßspeisen und ließ es sich gutgehn.
Angeblich hat sie sogar die Zeit überlebt, in der es sie noch nicht gab, das will man sich aber gar nicht erst vorstellen!
Und Hand aufs Herz, egal wo man sich befindet, spätestens nach 2 Minuten tauchen die ersten auf, langsam und selbstverständlich dahingleitend, als seien sie seit Wochen bereits vor Ort.
Die Existenz der Fruchtfliege scheint sich – plopp! – im Raum zu bilden, so eine Art Eigenbeam aus dem Nichts.

In Haushalten ohne Obst und Süßspeisen
stellt die Fruchtfliege gern selbst eine kleine Auswahl.

Ob man mit Tempo 100 oder 300 km/h über die Autobahn fährt, ist letztlich auch eine Frage persönlichen Ermessens. Vielen geht allerdings ab 200 alles entschieden zu schnell, sie können dann nicht noch zusätzlich ermessen, dazu ist die Situation einfach zu riskant!
Erst ab 400 entspannt sich die Lage wieder ein wenig.
Ab 500 ergießt sich bekanntlich die Ermessensfrage in Betrachtungsbereiche über Raum, Zeit, Unendlichkeiten und darüber, wie wenig man doch mitnehmen kann, wenn es so weit ist.
Ab 600 wird die Verbindung zum Tower in jedem Fall komplett unterbrochen, und man wird von Abfangjägern zur Landung gezwungen.
In Anbetracht dieser Gedanken sei unentschlossenen Autobahnfahrern nach wie vor die gute alte Mittelspur ans Herz gelegt, auf der man sich mit einem durchschnittlichen Tempo von 80 bis höchstens 100 km/h nicht nur absolut stressfrei, sondern auch ohne jedes polizeiliche Nachspiel fortbewegen kann. Die Unsitte früherer Tage, sich nach dem Überholvorgang wieder auf die rechte Spur zu begeben, gehört Gott sei Dank endgültig der Vergangenheit an, die freundlichen Gesichter derer, die rechts und links vorbeiziehen, belegen dies immer wieder.

(Im nächsten Seminar behandeln wir die Frage: „Darf ich die linke Spur verlassen, wenn die Autobahn nur zweispurig ist?“)

Übrigens:
Meinen Erfahrungen nach reicht auf deutschen Autobahnen eine einzige Spur. Diese sollte allerdings unbedingt die Bezeichnung LINKE SPUR tragen!

Brüller:

01. Bald wird es Flugzeuge geben, in denen bietet man Rundflüge mit Helikoptern an.

02. Ich stelle absolut alles ins Internet. Hauptsache, es gerät nicht in die Öffentlichkeit!

03. Manchmal fallen Worte wie Würfel.

04. Entschuldigung, ich konnte heute leider nicht arbeiten, mein iPhone hat sämtliche Aufgaben gelöscht (aus: *Mein Update ist ein alter Hut!*)

05. „Herr Ober, haben Sie biologisch absetzbaren Wein?"

06. Frei zugängliche Golfplätze im Ghetto

07. Pisa, das kann doch nur schiefgehn.

08. Biopiraten sind kriminelle Seefahrer, die sich gesund ernähren.

09. Viele halten Google für das Internet, na und?

10. Eine große Anzahl von Schwänen stirbt im Theater.

11. Wenn einem gebratene Tauben in den Mund fliegen, ist das nicht nur eine erstaunliche Leistung dieser Tiere, es sieht auch unappetitlich aus.

12. Internetüberwachung ist bei mir nicht möglich, ich arbeite meist auswärts.

13. Sprache ist Unterhaltung:

Aus aktuellem Anlass wird, anstelle des *Tatorts*, zu den verheerenden Waldbränden in Griechenland für unmittelbar nach der Tagesschau ein *Brennpunkt* angekündigt.

14. Angeklagter: „Dafür habe ich mehrere Zeugen, die genau das beschönigen können!"

15. Ich kenne einen Italiener, der spricht von einer halben Elfe, wenn er zehn Uhr dreißig meint.

16. Im Zentrum von Paris schlafen selbst Nichtsesshafte auf Markenartikeln!

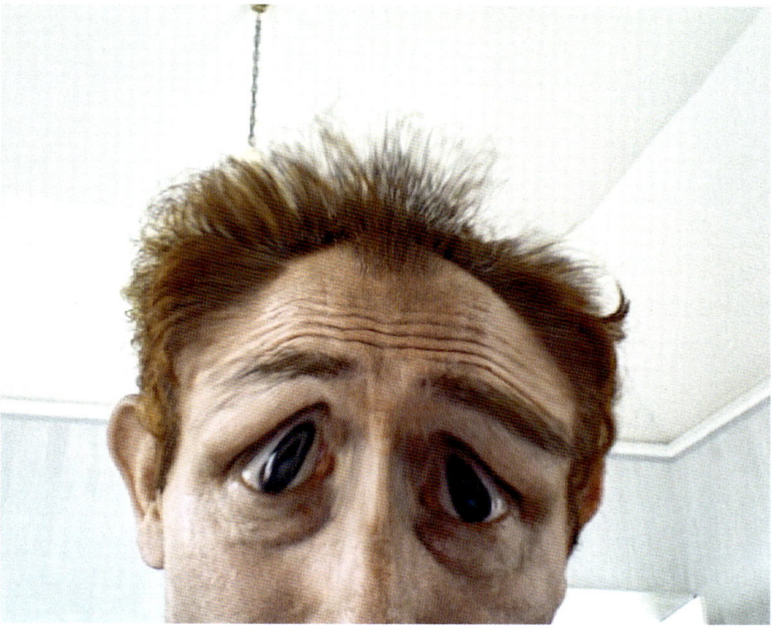

2015: Apple bringt mich als Edvard-Munch-Wallpaper in den Handel. Die Nachfahren durchzuckt ein Schrei des Entsetzens.

Ich wohne in einem sehr umweltbewussten Viertel.
Wir trennen im Herbst sogar Laub.

Infotainment:

An Bahnsteig 5 läuft ein der Intercity Edgar von Heilbronn. Bitte steigen Sie nicht ein, es ist ein Vorführmodell!

Kerner und Beckmann wollen heiraten. Atemberaubende Begeisterung über sich selbst hat sie zusammengebracht.

Neuester Trend: Sushi aus eigener Schlachtung.

„Ich höre grad. Da die Leitung ins Katastrophengebiet noch nicht steht, koche ich für Sie daheim ein Chateaubriand de la Chanson mit enteistem Zwiebelwupp, Prinz-Anne-Böhnchen an Senfpolonaise und Kartoffelbriest. Das Rezept läuft unten am Bildrand unterhalb der Aktienwerte, Sie können also zeitgleich mitkochen. Ah …, da sehe ich auch endlich das Katastrophengebiet, köstlich, eh, schrecklich!"

In den Pariser Banlieues warf gestern der französische Staatspräsident Franck Ribéry signierte Trikots ab. Der Hubschrauber drehte danach bei.

Nach mehrtägiger Diskussion haben die politischen Parteien heute morgen endlich ein neues Grundsatzproblem ausgearbeitet.

Die Erderwärmung betrifft jetzt auch die Meere. Taucher entrüstet über bikinitragende Sardinen.

Kohlenstoffchauvinismus.

Prostitution immer dreister. Gorilla schickt Gnu auf den Pfad.

In der Nacht vor Weihnachten wurde in Bern ein 280 Gramm schwerer Karpfen von einem Linienbus angefahren. Gudry Zitzel sprach mit dem Opfer.

In Ländern mit hohem kulturellen Niveau sind selbst Einbahnstrassenschilder handsignierte Originale.

Hartz 4 gilt nicht für 4 Personen!

Auf Langstreckenflügen kann man sich leicht eine Toblerone zuziehen!

Sylt beantragt Aufnahme in die EU.

„Sie sind mehrere", verriet mir mein Psychologe schon während der ersten Sitzung.
Doch mit derlei kann man mich nicht verunsichern.
Lieber zwei, drei, die aneinander vorbeireden, als einer, der überhaupt nichts versteht und sich irgendwann beleidigt umbringt.
Im Gegenteil: Ich vermute, ich war früher sogar noch einer mehr. Den haben wir aber rausgeschmissen. Er kam nicht zu den wöchentlichen Besprechungen, hat Informationen zurückgehalten und und und.
Vorteil dieser Veranlagung: Wenn das Leben einem wieder mal seine „unberechenbaren 5 Minuten" anbietet, bricht man einfach den Kontakt zu sich selbst komplett ab und geht mit den übrigen Ichs Gassi, wahlweise ums Haus herum.

Mit dem Radl unterwegs

Peter Handke 1982

Mein Chinese hatte heute bayrische Wochen.
Sie glauben gar nicht, wie oft mir die Haxe vom Stäbchen …

Unterwäsche aus Papier hat den Vorteil, man kann die verschmutzte Wäsche der Wäscherei zufaxen.

Als ich einer schönen Frau gestand, dass ich mir vorstellen könnte, jetzt gleich hier mit ihr gemeinsam das zu tun, was normalerweise Männer und Frauen nicht zwingend jetzt gleich hier miteinander tun würden bzw. verständlicher ausgedrückt, nicht zwingend jetzt gleich hier miteinander offiziell tun dürften, also da bemerkte ich, dass sie, nicht direkt empört, aber doch irgendwie verwirrt, den Supermarkt bereits verlassen hatte.
Für den Rest des Tages war ich absolut sicher, dass ich mir das gesamte Internet herunterladen kann, es werden immer Fragen unbeantwortet bleiben.

Das Sexuelle hat bei vielen Vorreiterfunktion.

„Das Schlimmste an der russischen Mafia ist", sagte mir ein Berliner Hotelbesitzer, „wenn man morgens in den Frühstücksraum hineinkommt, meinen Sie, die Herren grüßen mal?!"

Fußball ist
in nicht unerheblichem Maße
eine Frage der Hirnrinde,
eh, Hinrunde …!

Der Abstand zum Ball Einstellungssache (des Gegners)

Seit Jahren läuft unser Dackel mit einem Chip im Ohr herum.

Sept. 2003: Staupe
März 2010: Biss in Herrn Wittner, hiesiger Oberförster.

Hoch im Norden, in einem weit abgelegenen Tal Finnlands gibt es ein Dorf, da ist es IMMER stockdunkel, immer. Oberflächliche Äußerlichkeiten verunsichern hier niemanden. Kein Friseur hat montags frei, selbst der Letzte macht kein Licht aus. Schwarz! Viele Frischvermählte können von daher verständlicherweise ihren ersten Italienurlaub kaum erwarten, wollen dann aber meist auf schnellstem Wege wieder nach Hause, zurück zu inneren Werten.

Einigen Herrschaften auf unserm Planeten scheint der Begriff Hochleistungsgesellschaft immer noch nicht klar zu sein!

„Wohin?“

Ein Bekannter hat mir erzählt, Verkehrsregeln seien nur Empfehlungen. Ich weiß nicht, ob es stimmt, rege mich seitdem aber weniger auf UND (!) bin deutlich früher zu Hause.

Das Leben ist interessant, wenn man die Zeit dazu hat.

Fernsehen ohne Werbung gibt es heutzutage nur noch während der Darmspiegelung.

Historisch nur spärlich belegt:

Die Gitarre war bis vor gar nicht so langer Zeit in unsern Landen ein völlig unbekanntes Instrument. Erst Peter Maffay hat sie nach Europa gebracht!

Während meines Vorstellungsgesprächs beim L. A. Police Departement, 1972. Links neben mir der diensthabende Officer, Mr. Marshall Hendrix, dahinter Mitch Mitchell, Sohn seines Vermieters. lapdonline.org/

Ob die Bewohner der Insel Sylt, anfangs Heringsfänger, im Alter wegen schlechter werdender Augen zum Walfang übergingen, ist nicht überliefert.

Unsere technische Entwicklung ist bereits so weit, dass Ziegen wahlweise direkt als Käse zur Welt kommen. Wer keinen Ziegenkäse mag, isst halt Holländer.

Die meisten Jazzmusiker erstreben den Dialog mit ihrem Instrument. Nur die wenigsten bekommen allerdings eine störungsfreie Verbindung.
Ich habe selbst einmal vor Jahren in einer Free-Jazz-Kapelle gespielt, wir waren unter dem Namen „zehn4vier" in einigen Landstrichen unterwegs.
Einmal verlangte die Dramaturgie des ersten Stückes, zunächst anderthalb Stunden nicht zu spielen, sich und sein Instrument *hingebungsvoll* wirken zu lassen, dem Zuhörer im Raum das Gefühl stiller Anteilnahme und Bewusstheit gemeinsamer Zeitempfindung zu vermitteln.
Es folgte eine zwanzigminütige Entkrampfungspause, danach Diskussion mit dem Restpublikum.
Anschließend gemeinsames Dinner und gemütliches Ausklingen des Abends im Entmüdungsbecken der Sportlichen Hochschule Graz. Es begleitete eine Wiener Kaffeehauskapelle, gab aber auch kritische Stimmen, die meisten aufgrund fehlender Wassertemperatur.
Nicht zu vergessen Hummerersatz.

Hormone Schmitz

An der Ampel schiebt sie mir ihr Fahrrad hektisch über beide Schuhe und entrüstet sich auch noch.
„Im Alter werden die Füße länger!“, rufe ich ihr beruhigend hinterher.

Im vorigen Jahr habe ich den Brie de Meaux
verliehen bekommen.

Panthéon, Januar 2011 vor Christo

Einer unserer großen Philosophen hat einmal gesagt:
„Wenn ich nicht bald was erfahre, dann weiß ich auch nicht!"

Einer unserer großen Neurowissenschaftler konterte:
„Bei allem Respekt, es wird Ihnen doch hoffentlich bewusst sein, dass unser Gehirn nicht seine Zeit damit verplempert, etwas zu erfahren?!"

Im Gegenzug

Muschel-, ja austerngleich und zudem kostenlos atmet der Mensch die schadbestoffte Luft der Großstadt, ach was der Welt ein und erstklassigen Sauerstoff aus. Ich bin seit einiger Zeit auf Diesel spezialisiert. Mich bereitet man in Rotweinsoße oder gern traditionell mit Porree und einer Scheibe Schwarzbrot zu.

Wenn man einen Körper anschreit, und es kommt nichts zurück, kann das im Rahmen einer Echografieuntersuchung geschehen sein.
Schallwellen vor Borkum.
Ultraschallwellen vor England.
„Wellen vor!“, ruft der Fährmann und holt über, ohne zu blinken.
Oder anders gefragt: Letztlich wellt alles auf einen selbst zurück.
Gern auch in Brecht: Was ist der Versuch einer Insel gegen den illegalen Handel mit Jachtscheinen?
Wir lassen feststellen:
Je mehr Verzweiflung hinter einer Idee, umso unaufgeregter die Intensität ihrer Umsetzung.

Achtung!

Deutschland hat wegen Bauarbeiten 2 Jahre geschlossen.
Wir danken für Ihr Verständnis.

Bei den hier heimischen gemeinen Enten ist das Männchen bekanntlich schöner als das Weibchen (oben links, gleich hinter dem Männchen, etwas verdeckt). Seine mit großem Aplomb präsentierte Eitelkeit lässt ihn völlig vergessen, wie angreifbar er durch die schrille, in allen Lebenslagen auffallende Farbgestaltung seines Gefieders ist. Fuchs, Moosviper, Bussard und Pitbull lachen sich ins Fäustchen. Das Weibchen, dem die pfauenartige Extrovertiertheit des Partners, nicht nur den Nachbarn gegenüber, äusserst peinlich ist, glänzt durch innere Werte und geschicktes Tarnverhalten. Sie hat es inzwischen aufgegeben, mit ihrem Gatten über Geschlechtsidentität und Rollenverteilung zu diskutieren. Er hingegen besucht Seminare zum Thema Transgender, denkt über Entenbrustimplantate nach und setzt Botox zur Straffung seiner Schwimmhäute ein.

Vom Erzeuger abgefüllt heißt nicht, dass der Besitzer des Weingutes übermäßig mit seinem Vater gebechert hat. Obwohl.

Der Ausdruck „An den Kunden weitergeben" sagt eine Menge über das kaufmännische Prinzip.
Die Handelskammer spielt derlei Verdächtigung gern sofort den Bach herunter: „Alles halb so wild, im schlimmsten Fall wird der Kunde von Schnäppchen erschlagen!"

Ein Großunternehmer hat einmal gesagt: „Mach mit mir Geschäfte und du fühlst dich um einiges erleichtert!"

Wir wissen, Geld war nicht zuerst da.
Zunächst wurde getauscht.
4 Tomaten beispielsweise gegen 12 Hektar Land.
Noch am gleichen Nachmittag entstand der Beruf des Rechtsanwaltes.

P. S.:
Günter Netzer spekuliert: Geld war doch zuerst da!
Bis der Mensch auftauchte, wechselte es sich selbst ein.

Heutzutage kann man nicht mehr tauschen, es kostet ja alles was.

Im Wartezimmer zur Fraktalität*

Ich stehe außer mir, also bin ich.
Will sagen, ich bin draußen völlig zurückgezogen.
Nur wenn ich drinnen bin,
geh ich innerlich richtig nach draußen.
Will mich echt permanent und ach nichts lieber als das öffnen,
allein die Gefahr ohne mich ist einsam.
„Was wollen Sie denn dann außer Alles?“,
frage ich mich als Außenstehender
und halte selbst Antworten zurück,
Fragen sind gefragt.

* Fraktal im Sinne von selbstähnlich. Kennt man aus: „Das sieht dir wieder mal selbstähnlich!“, „Eine gewisse Selbstähnlichkeit ist nicht zu leugnen“, „ Selbstähnlichkeit kann mich nicht davon abbringen!“ und Selbstähnliches.

Vor mir fährt, in Schlangenlinien, mal unberechenbar stockend, dann ganz plötzlich wieder schnell, ein Wagen mit der Aufschrift „Eilige Arzneimittel".
Ich frage mich: Bringt der oder nimmt der die?

Zu jedem Fado passt auch ein zünftiger Death Metal.
Beides entstammt der gebeutelten Seele.
Da will der Humor nicht hintanstehn.

„Lass mich in Ruhe und glotz nicht so! Ich musste aus der alten Wohnung, na und?! Küche abgebrannt und dieser blöde Vermieter dachte, ich wärs gewesen. Nu nimm schon die Kamera weg und hau ab, mir langt's für heute, wirklich!
Meinen Knochen hamse auch wieder irgendwo hingepackt und keiner war's …!"

Die meisten Dinge spielen sich heutzutage kabellos ab. WLAN, Bluetooth, Wii, X-Ray, Spexvox, Wi-Fi, Bifi, Airport und wie sie alle noch heißen.
Durchweg auf Strahlenbasis.
Küchengeräte fahren gemeinsam einkaufen, die Fußbodenheizung schleicht vor die Tür, wenn ihr zu warm wird, Kreditkarten verschwinden bequem bei überzogenem Konto.
Selbst mit dem guten alten Handy kommuniziert es sich inzwischen in den unterschiedlichsten Erscheinungsformen.
Erst gestern habe ich mit meinem Vermieter telefoniert. Und möchte jede Wette machen, er hat zugenommen.

Aus: *Ist Wohnen noch zeitgemäß?*

Sein erstes Appartement bewohnt der Mensch kostenlos. Vollpension, fließend Warmwasser, exklusiver Zimmerservice rund um die Uhr, auf Wunsch Animationen, Spa, null Staffelmiete, allerdings aufgrund der örtlichen Gegebenheiten leider kein Meerblick. Von einer Immobilie, in der ureigenen Bedeutung des Wortes, kann nicht gesprochen werden, da hier gleich beide, also Mieter inklusive Vermieter, im Normalfall durchaus mobil sind. Der Begriff „sozialer Wohnungsbau" hingegen trifft durchaus zu und das im besten Sinne.
Mieter wie Vermieter treten zu gleichen Teilen als Risikoträger auf. Bei vorzeitiger Kündigung droht in manchen Fällen *Brutkasten*, eine dem Wohncontainer verwandte Bauform. Dieser kann, zum Beispiel in südlichen Gefilden, Meerblick aufweisen, wird aber meist wegen anderer Sorgen kaum wahrgenommen. Auch Brutkasten war immer schon staffelmietenfrei.
Im Normalfall verlässt der Mieter nach Ablauf von 9 Monaten meist schwungvoll und nicht selten in die Arme einer ausgebildeten Hilfskraft die geschützte Behausung. Danach wird ihm ein oft bescheidenes Übergangsetablissement in der Nähe des ehemaligen Vermieters zugeteilt, bis er sich schließlich selbstständig auf dem Immobilienmarkt umzuschauen in der bevorzugten Lage sieht.
Viele, wenn nicht gar ein hoher Prozentsatz, verlassen übrigens gefühlt eigentlich nie wirklich dieses ihr allererstes Appartement, einige wenige wollen gar zurück. Der Wohnungsmarkt, ein Trauerspiel!

Gestern verfingen sich die Netze zweier japanischer Thunfischfänger in der Küste von Mallorca. Beim Versuch, sich zu befreien, zogen sie unglücklicherweise die ganze Insel mit fort. Diese wurde heute früh von türkischen Kaufleuten günstig erworben, vor der Küste festgetäut und bereits im Internet von mehreren Reisebüros angeboten. Spanien überprüft die Rechtslage. Peter Maffay ist sauer.

Erst der Körper macht den Geist zu dem, was er sich vorstellt zu sein!

Panthéon, 2011 nach Christo

Vor kurzem wartete ich geschlagene 3 Stunden auf den Bus.
Ich gebe zu, da war keine Haltestelle.
Trotzdem, hier geht's ums Prinzip!

Der Zeitbegriff ist klar wie Klarsichtfolie

In jedem Moment steht die Zeit am Anfang.
Halt! Da frage ich doch gleich, bevor es zu spät ist:
Ist Gegenwart denkbar und wenn ja, wie lange noch?
Denn ich versichere Sie, auch ohne monatliche Grundgebühr:

Vergangenheit sieht man,
wenn man im Zug aus dem Fenster schaut
und gegen die Fahrtrichtung sitzt.

So einfach kann man sich's machen,
wenn man noch los muss
Leergut einkaufen.

Brille ohne mich – als Nebendarstellerin in einer nicht verwendeten Szene aus *Der Panther wird gehetzt* mit Lino Ventura und Jean-Paul Belmondo, 1963

Wenn man als Schauspieler Erfolg hat, ist man sehr angesehen. Es gibt aber auch diejenigen, die vielleicht irgendwo in USA als Tellerwäscher arbeiten und dann Millionäre werden. Von denen hört man rein gar nichts. Ein bisschen Glück gehört scheinbar immer dazu.

Manchmal glaube ich, Tiere sind irgendwie fairer als der Mensch. Sie töten zum Beispiel nur, wenn sie kein Hundefutter bekommen haben.

Im Cyberspace sind sogar künstliche Wimpern real.

In der digitalen Welt gibt es bisher nur 2 Zahlen.
Wie für die menschliche Beziehung gilt aber auch hier:
Erst in der Partnerschaft kann selbst eine Null über sich hinauswachsen.

Schlafende Bratschen

Einen Augenblick nutzt sich die Zeit selbst
und malt das Mädchen mit dem Perlenohrgehänge zu Ende.

Also heute geht wieder mal gar nichts
von selbst
schon den ganzen Tag
und ich vermute
dass dieser hier mit einlullender Sicherheit
wieder aus 24 Stunden zähem Alltag besteht
bloß weg hinaus hinaus
wie ein verträumt vor sich hin grasendes Pferd
allein auf neblig morgentauiger Weide
bin ich und schlichtweg nicht
in der Verfassung
vorgesehn schon mal gar nicht,
ja, Stimmungen machen uns breiter
gaukeln uns vor weiter
hineingreifen zu können ins Außen
alles unterscheidet sich durch Ähnlichkeiten
laut Vertrag muss ich mich morgen früh ändern
sonst gibt's mal rechts und links
ein klärendes Gespräch
da bin ich ganz offensichtlich
heut' nur notiert:
das kann vorkommen
selbst im Fachhandel
wo Vorräte teuer und Dinge geliefert sind
wir schreiben das Jahr

Sie wird mir zum Verhältnis, dachte der Liebende.

Musik wuppt, und ein Satz meldet sich zu Wort

Die Dinge durchlaufen wie blöd
jene seltsam natürlichen Veränderungen,
wenn sie sich bewegen
als Zeichen ihrer sächlichen Fitness.
Da vergessen sogar Plastikmäuse voller Bewunderung, dringend notwendigen Batterienwechsel vorzutäuschen.
Mitreden wollen, statt einfach mal ein paar Minütchen entspannt resignieren.
Aber sofort sieht man wieder militante Träumer mit ihren alten Dias auf den Trottoirs winken, wie auf Kommando klaffen Welten scheppernd gegeneinander, der gute Hulk betet und wird dabei rot, und die obligatorische Fernsehkommissarin: „Also, bevor ich was fragen kann, muss ich erst mal was wissen, Sie Schwachkopf!"
Zu schnell der Zerfall aller Dinge, schaut man sie nur lang genug an.
Meerschweinchen verlangen nach Brandung.
Ich schreibe ein Wort und lösche es durch Betrachtung.
Das klappt.
Auch eine Art Werde-Gang.
Werden und Gehen – im Vorbeigehn entstehen.
Ich gehe, also werde ich.
Lasst mich gehn, ich muss werden!
Ich kann jetzt nicht, gehet Ihr schon mal hin und werdet!
Oder wie ich immer sage:
Wenn ich nicht komme,
komme ich mit dem Taxi!

Sicherheitshalber finden viele historische Dinge in unterschiedlichen Jahrtausenden statt.

Es begab sich zu einer Zeit, da die sogenannten jungen Leute derart überproportionierte, auf den Knien hängende Hosen trugen, dass im Falle einer polizeilichen Verfolgungsjagd nicht die geringste Jugendbewegung mehr möglich war.
Abkapselung und Vereinsamung war die Folge, man zog sich in seine Hose zurück.
Laptop und vitaminlose Speisereste taten sich zusammen und ließen sich vor Gericht innere Werte bestätigen.
Drinnen schließlich wurden beide gleich festgenommen.
O ja, eine schwere, aber eben handelsübliche Zeit das, wie wir erinnern, krisenbleich und von Humor zermürbt.
Wir hätten es wissen müssen!
Nein, Moment mal! Schließlich sind wir Ärzte, wir haben den apokalyptischen Eid geleistet! Es ist erwiesen: die Ärztekammer verkauft Diskussionsbedarf!
Okay, ich rede mich wieder mal um Nadel und Fahrtkosten, aber dennoch.
Kurt Bayertz hat gesagt, und das neben sicherlich vielem anderen: „Auf lange Sicht kann sich auch moralisches Verhalten nur dann durchsetzen, wenn es zu einer möglichst zahlreichen Nachkommenschaft beiträgt." Zack!
Das sitzt auf der Zwölf wie die Faust im Aspik!
Das hat mir bisher noch jeder verschwiegen!
Tja, vielleicht sollte ich mich zurückziehen?
Vielleicht einfach wieder wie damals, als ich noch unbekümmert in dunklen Klubs zu heißen Rhythmen eintanzte, nur mit einem knappen Netzteil bekleidet?
Schöne Zeit damals. Trotz abgebrochener Elektrikerlehre.
Ist es möglicherweise das, was wir tun sollten? Die Klappe halten und irgendwas?
Den Mächtigen gänge, ja gönge fürbass
die Arbeit dann leichter von der Hand.

Hodie tibi, cras mihi: Die Herrschenden
dürfen nicht nur ans Allgemeinwohl denken!
Tief im Innern bin ich eh Walwaise, verlassen schon früh von beiden Elternteilen im Indischen Ozean.
Krillmangel hieß es offiziell, eine attraktive Seekuh hinter vorgehaltener Flosse.
Humor fliegt ein, will die Situation retten, doch die lacht bereits.
Wer stapelt am Riff getrockneten Fisch?
Humbug an der Waterkant.
Dennoch die Sepien halten.
Bitte, es geht hier nicht um Beifang, ja?!
Sagen Sie mal, steht womöglich hinter der Evolution eine Firma?
Entschuldigung, aber ich möchte auch mal was sehn für mein Geld! Ich habe Ansprüche! Krisen tue ich selbst!
Obwohl, den allüberall aus dem Boden sprießenden Discountgeschäften nach zu urteilen, wird der Mensch eh bald von DER MATRATZE angegriffen und vom Erdball vertrieben.
„Die Rückkehr der Liege!“, gestern noch auf DVD, heute schon bei Ihrem Fachhändler daheim.
„Angriff der Atmungsaktiven!“, mit Ben Becker als Captain Sly vom Planeten Sandroz IV.
Obwohl. Nichts gegen All!
Schon lange Mitglied der Sternenflotte, träfen wir endlich auf Ausdehnung.
Doch Obacht! Raumverzerrungen und Fremdphysik lauerten ankündigungslos und flögen übermütig auf unseren Strandhütten quer durchs ganze Raumschiff!
„Ist der Raum erst mal verzerrt, werden die Hotelpreise ermäßigt.“ (*Gene Roddenberry*)
Das nutze ich aus, liege dann gern im spitzen Winkel in der Wanne, die Finger schmerzen vom Zerkratzen der Luft, zackige

Sprachspitzen verfehlen reißenden Absatz, drehn sich auf demselben lachend ins Erdinnere, das sich geschmeichelt fühlt ob des seltenen Kontaktes, aber selbstzitternd nichts versteht von den sich untereinander wegschiebenden Wortblöcken, verfasst, wird behauptet, aber in Wahrheit entglitten, von wellenreitenden Synapshacktivisten, die, früher bei „1und1“, jetzt freiberuflich versagen.
Anecken tut immer alles, auch dort unten im Innern, wo eigentlich permanent eitel Sonnenschein fehlt. Surrealisten formen Trendmode aus Gebeinholografien, die Kollegen der malenden Znupft, wie sie sich jetzt neuerdings nennt, müssten allerdings zunächst ihre Farben aus dem Ausland einrühren. Dazu aber sind die meisten längst zu schwer, zu viel tragische Gedichte verschwimmen hinter rollenden Augäpfeln, zu viel nie gemalte Werke auf Pump verkauft.
Zu viel des wenigen.
Also alles wieder auf den armen Anfang?
Wie klein soll sich die Welt denn noch machen?
Nun, aktuell nur 98 300 000 Google-Einträge!
Allerdings Swingerklub Oberursel 6400!
Überwiegend zufriedene Kundenmeldungen und die nach eigener Aussage.

(Jean Giraud)

Der Weg nach oben ist steinig und führt nicht selten in die Einsamkeit.

Niemand kann mit einer geliebten Person derart verschmelzen wie die Frau.
Niemand kann aber auch derart nerven.
Evolution: „Finden Sie das witzig?"
Auszubildender: „Haben Sie am Wochenende schon etwas vor?"
Evolution: „Noch ein Wort und ich mache Sie zur Schnecke!"

Wenn das Froschmännchen ein Weibchen sieht, bläht es vorn an der Kinnlade eine Art Tüte auf, damit er auffällt.

Nach fast 3-monatiger Winterpause in den Gebieten ums Atlasgebirge begibt der Buntspecht sich bei uns wieder auf Nahrungssuche. Anfangs fettet er seinen Schnabel kräftig ein, der Schmerz ist da noch groß. Erst später klopft er lauter, selbstbewusster, ungeduldiger. Und schon trifft er auf nur kurzzeitig verdutzte Gesichter. Gnadenlos, die Abläufe in oft schönstem Ambiente.

Die allerersten Singvögel des Jahres müssen sich daran gewöhnen, keine Antwort zu bekommen, denn die meisten ihrer Artgenossen sind noch nicht zurück. Wir lernen: Auch der frühe Vogel kann eine Meise haben!

Langusten sind deshalb so fleischhaltig, weil sie bei Vollmond an Land gehen und Lämmer schlagen.

Tiere lamentieren nicht über ihr Alter, sie sterben einfach irgendwann.

Vor ein paar Tagen ist eine niedliche Feldmaus,
die sich von einer befreundeten Ratte
das Fell geliehen hatte,
auf dem Weg zu einem Kostümfest
erschossen worden.

Angefangene Sätze sind das halbe Leben.

Nach meinem Welterfolg *SCHEITERN ALS WEG*
hier nun das bereits viermal vorbestellte Nachfolgewerk:
SCHEITERN ALS GASSE

Ihre angeblich bewältigten Drogenprobleme, die mehr als sonderbare Webseitenpräsentation, ihre hochprozentige Beteiligung an illegalen Gen- und Organhandelsgesellschaften, die seit Jahren mehrwöchigen Kuraufenthalte auf Borkum, die Gründung und Leitung des weltführenden Konsortiums für künstliche Geschmacksverstärker, Durchführung von Nano- und Mutationsevents, ihr Nichteintrag im Telefonbuch, die mehrfache Ablehnung des Papst-Gregor-Preises mit Klerus, ihr permanentes Bestreben, sich in der Tiefe der Revolution zu verbergen und nur noch über Callcenter mit Sitz in der Mandschurei erreichbar zu sein etc. etc., all diese Dinge möchte ich in diesem Zusammenhang weder aufzählen noch kommentieren. Eines ist sicher: Die Kindheit der Evolution muss sich im hochgradig problematischen Bereich abgespielt haben! Hier hat das Jugendamt ganz eindeutig am falschen Ende geschlafen!

Nicht ohne Grund hat Gott bisher
keines ihrer zahllosen SMSse beantwortet,
Allah übrigens auch nicht,
Buddha winkte wie so oft ab,
lächeln hätte eigentlich gereicht,
wirkt aber oft elitär.

Instrumente entstanden durch die Unfähigkeit des Menschen, sie akustisch zu imitieren.

Ich bin heute bis zur Unkenntlichkeit übermüdet!

Inzwischen ist es bei uns an manchen Tagen des Jahres so heiß, dass die Vögel Unterflügelnässe bekommen und gezwungen sind, sich in diesem sensiblen Bereich zu rasieren. Beim Wellensittich verwendet der Halter Heißwachs. Im Intimbereich übrigens eine umstrittene Maßnahme. Das Männchen kann sein Weibchen nicht mehr am Geruch erkennen. Alle riechen nach Wachs.

„Stimmt!“

Durch die Emanzipation der Frau hat sich auch im alltäglich kommunikativen Bereich eine Menge verändert.
Niemals werde ich allerdings auf die liebe Gewohnheit verzichten, in der Waschstraße zu überholen.

Hättehätte.

Wenn Gott für uns Gruppensex eingeplant hätte, hätte er uns mehrere Geschlechtsteile wachsen lassen.
Hätte das womöglich nicht mal vorher mit der Evolution abgesprochen.

Das Ehepaar Ouvert und Fermé Lundi musste ihr erst kürzlich eröffnetes Pariser Bistro nach 3 Wochen bereits wieder schließen. Sie konnten sich nicht über die Öffnungszeiten einigen.

Pantoffel „Gnoss“, Hose „P&C“, Auslegeware „Hempels“

Von einem tierpsychologischen Institut wurde ich mit einer Arbeit zum Thema Echsenverfolgung abgelehnt.

Termin bei der Entenberatung

Während seine Frau direkt vor ihm kopfüber gründelt, betrachtet der Enterich ausgiebig ihr Hinterteil und philosophiert: „Also ich glaube manchmal, die Frauen sind sich gar nicht darüber bewusst, was sie in uns auslösen. Und was es uns für Kraft kostet, entspannt zu bleiben, selbst wenn sie nur Nahrung aufnehmen!“

Während ihr Mann über Wasser leidet, verliert die Ente beim vorgeschobenen Gründeln allmählich Luft und Geduld: „Also, ich habe manchmal den Eindruck, den Männern heutzutage reichen die traditionellen Verführungsmethoden schon lange nicht mehr. Ja, was soll ich denn noch machen …, mir die Federn vom Leib reissen?!“

Erst gegen Ende 2014 stellte die Deutsche Bundesbahn die Beförderung per Bus (DB), Taxi auf eigene Kosten, Vermittlung an Mitfahrzentralen und Rikschas ein. Anweisungen per Lautsprecher auf Bahnsteigen blieben allerdings weiterhin völlig unverständlich.
Der Streik der Lokvögel ist noch immer nicht erforscht.

Der Mensch wächst stetig in sich zusammen.

les malheurs des immortels

Es gibt noch Gerechtigkeit!

Guten Morgen. Es ist 6:45 Uhr, und als Motto
für den heutigen Tag empfehle ich:
„I am ready to fall in love again!“
oder
Wenn ich sage, ich ordne mein Haar,
dann meine ich aber auch nur eins!

„Dass ich vollkommen normal bin, hat mir selbst deine Mutter unter Tränen bescheinigt!“

Skandal!

Gestern
gelang es einem Kaninchen
mithilfe einer Dackelmaske
bei einem Förster
als Jagdhund
anzufangen.

So sehr unterscheiden wir Menschen uns gar nicht von den Lebewesen.

(Aus: *Ich bin's leid, jetzt recherchiere ich auf eigene Kappe!*)

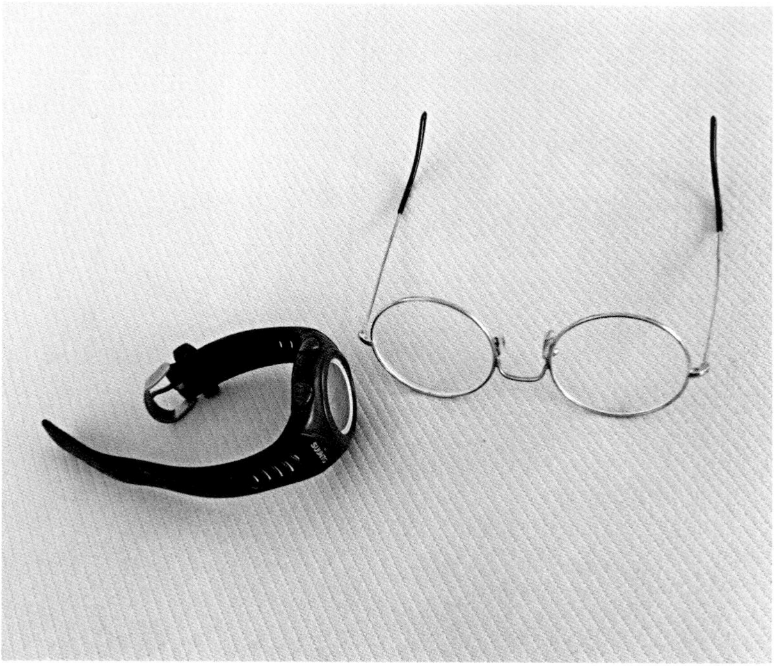

Brille und Uhr ohne mich – im Gespräch über die Einführung des Führerscheins ab 17

Ein verschwindend grosser Teil DaDa ist GaGa.

Manche schauen, als könnten sie Eulen nicht von Athen unterscheiden.

Im Grunde genommen sind die meisten Probleme schnell gemacht.

Im Gegensatz zum Fussball kennt Golf kein Tackling und keine Freistoßmauer. Die Geschlechtsteile sind hier völlig ungeschützt dem Spielverlauf preisgegeben. Den meisten Golfern kommt es aber darauf gar nicht an. Sie spielen des Kontaktes wegen.

Brille mit mir –
vollkommen übermotiviert

Medizinerlatein

Mit Sex hat ihr Neuer eine Bekannte von mir geheilt.

Liebe ist oft am stärksten, wenn die Beteiligten überhaupt nicht zu Hause sind.

Im Badezimmer badet ein Frauenzimmer.

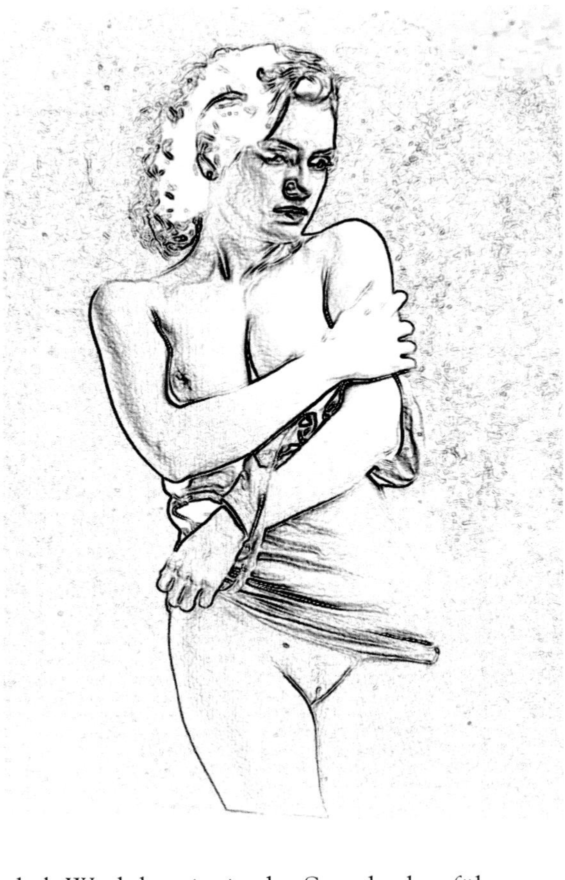

Frau wird ab Werk bereits in der Standardausführung mit sämtlichen Details ausgeliefert. Sie hat alles Nötige an Bord, um dem Mann die zur Vermehrung nötige Aufmerksamkeit zu entlocken. Haar- und Körperpflege obliegt ihr allerdings selbst. Nicht verwunderlich, hält sich doch wie immer, wenn es um Kosten geht, die Evolution vornehm bedeckt.

„Der Mann steht mit seiner Sexualität auf du und du, ein Ich würde ihn nur verunsichern.“ (Aus: *Das Leben im Leben eines Mannes ist nicht ohne!*)

Mann wird ab Werk bereits in der Standardausführung mit einem sogenannten Set ausgeliefert, bestehend aus 3 Elementen, 2 kugelförmigen und einem sportlich-seegurkenartigen. Dieses ist, nicht nur wegen seiner Größe, der kleine Unterschied betitelt und war bis vor wenigen Tagen von der Evolution angebracht, um dem meist orientierungslosen Mann ein Ziel, eine Richtung vorzugeben.

Chemische Weisheit

Wer im Rätsel sitzt, sollte nicht mit Lösungen werfen!

Attraktivität

Durch die Anziehungskraft des Mondes entstand selbst im Meer Wasser.

Spontaner Sex sollte möglichst vorher abgesprochen sein.

Welch großen Respekt,
welch' Achtung,
welch' Anspruch,
welch' Glauben,
welch grosse Hoffnung
die Gerechtigkeit besaß,
bis gestern Nachmittag
in mir zerbrach all dies
angesichts des Plakates:

GERICHTE AUCH ZUM MITNEHMEN!

11:47 Uhr. Karl entspannt unerkannt in den Kleidern seiner Tante Hetty mit Hund im Jardin du Luxembourg.

12:07 Uhr. Karl hat etwas entdeckt. Sein Hund lacht in sich hinein, als ihm der Begriff prêt-à-portieren einfällt, sagt aber nichts.

Mitten im schönsten Vier-Gänge-Menü stand der Psychotherapeut auf, lief nackt in den Wald und sprach dort mit Tieren über Themen, auf die sie nicht vorbereitet waren.
Sein Anwalt: „Wieso, die hatten doch auch nichts an?"

Betaphysik

Der morgendliche Jogger bleibt nach knapp 50 Minuten plötzlich stehen und denkt: „Mein Gott, was soll das eigentlich alles überhaupt?!“

Wer egoistisch ist, hat zusätzlich mit sich selbst noch eine Menge Unannehmlichkeiten.

Jetzt ist erst später, aber wenn, dann ist es schon passiert.
Oder andersrum gefragt:
Immer mit der Ruhe, morgen gibt's noch genug Gegenwart!

In seiner Verzweiflung sammelt der Wal inzwischen schon auf eigene Faust in den Haushalten Unterschriften.

Mikroorganismen stehen der wissenschaftlichen Forschung derart skeptisch gegenüber, dass sie sich kleiner machen, als sie sind.

Zum Thema Sprache möchte ich nichts sagen.

Und das hauptsächlich wegen ihrer durchgehend psychoanalytischen Verwertbarkeit. Höre ich mir selbst während eines Gespräches zu, fühle ich mich meist persönlich angegriffen. Diese individuelle Art von Paranoia soll Gott sei Dank demnächst steuerlich als Eigenbedarf absetzbar sein.

Bisher zurückgehaltenes Seminar:

„Überleg nicht lange, tu es einfach, es bringt ja eh nichts!“

In der Schweiz konnte man immer schon sehr früh Schifffahrt und Eisenbahn an der Farbe ihres Rauches unterscheiden.

Fehlmeldungen:

1. Die berühmte Mona Lisa hieß in Wirklichkeit Monika Lieser und kam aus Bergneustadt.

2. Sind wir nicht alle ein bisschen Alltag?

3. Auf Helgoland kann man zollfrei Leergut abgeben.

4. Inzwischen gehören Katzenweibchen mit tierisch vergrößerten Zitzen zum Alltag. Das Geschlecht blüht!

Es gibt Zackenbarsche, die beginnen als Weibchen, legen Eier und werden dann Männchen. Auf Drängen der bereits jetzt schon überforderten Einwohnermeldeämter hat man dieses Verfahren dem Menschen bis auf Weiteres untersagt.

Das Leben ist schön, auch wenn über 90 Prozent dagegensprechen.

Es sind simpelste Schwierigkeiten, die alles so kompliziert machen.

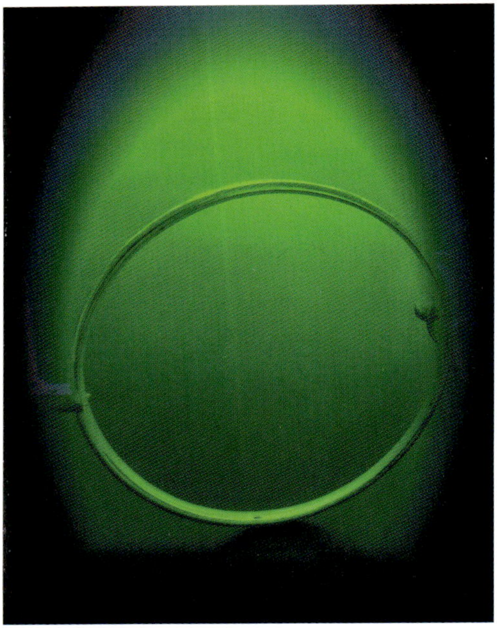

Halbe Brille ohne mich (heimlich fotografiert) – im abgedunkelten Vorzimmer unmittelbar nach der Operation. Dr. Zaches Zinnunter, Chefdesigner und ausführender Mitarbeiter der Deutschen Gesellschaft für ästhetisch-mechanische Korrekturen, Spezialgebiet Monokel: „Sich nach fast 26 Jahren gemeinsamer Anschauung zu trennen, ein recht ungewöhnlicher Schritt für Augengläser, aber bitte!"

„Tut mir leid, aber mit Sekundenschlaf komme ich einfach nicht aus!“

In Brüssel wurde jetzt beschlossen, dass ab Februar 2016 für Maulwürfe Schutzbrille und Helm unerlässliche Pflicht werden. Das im Grunde ausgeglichene Tier, welches die Elemente Sonne und Licht nur aus blumigen Erzählungen weltenbummlerischer Regenwürmer kennt, will Protest einlegen. Kommentar: „Wenn das so weitergeht, wird uns eines Tages womöglich noch die Nachtzulage gestrichen …, das sehe ich nicht!“

„Das Komische selbst ist gleichsam eine letzte Sicherung gegen den Schrecken. Ist der Schrecken nicht mehr komisch enthebbar, gewinnt er umso mehr Gewicht.“ *(Karl-Heinz Stierle)*

Genau, aber auch:

Schon ansehnlich, wie sehr wir Menschen doch eingebettet sind in Wahrheiten, von denen Lügner behaupten, sie seien erfunden („frei“ nach *Heinz von Förster*).

Geradezu behütet
jumpe ich ein paar Partien
vom Matterhorn
Bungee.
Viele Inhalte fürchten
die Eitelkeit der Worte.

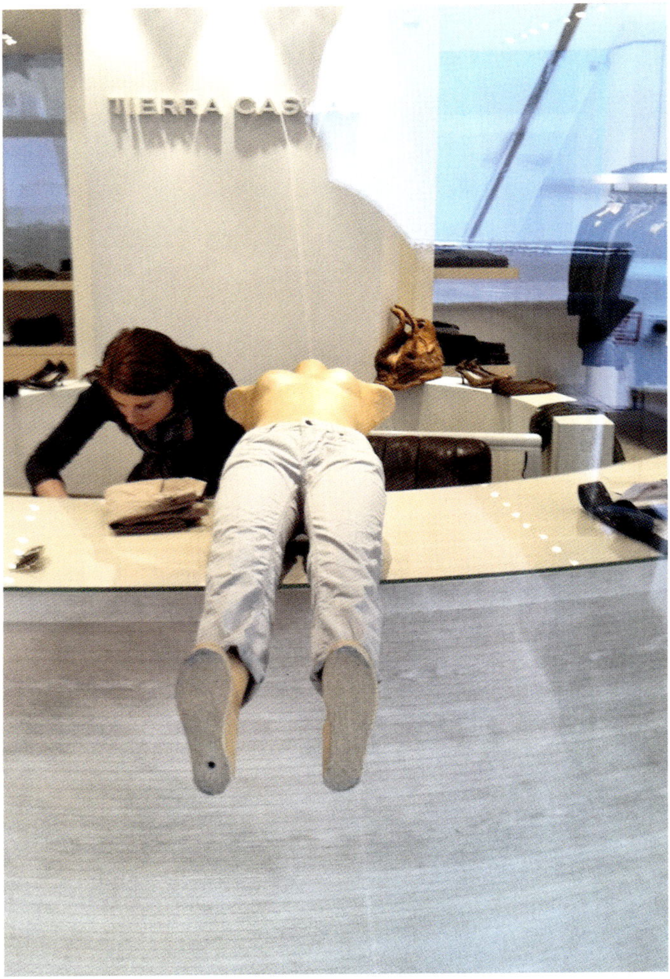

André Heller zeigt: „Kabinenlose Anprobe“
(aus dem Musical „Horizontales Gewerbe“).

Im Gegensatz zum Eichhörnchen wird beim Menschen eher selten beobachtet, dass er sich ein Eigenheim baut und danach vergisst, wo.

Die Kommunikation beim Elefanten geschieht mittels tiefer, im Rüssel erzeugter Frequenzen. Diese verlaufen so extrem tief, dass wir Menschen außerstande sind, sie wahrzunehmen.
Der Hund, er könnte sie hören, ihn interessiert es aber nicht.

Dass die Evolution bereits über in Zoos stationierte Giraffen als Handymasten nachgedacht hat, war zu erwarten.

Der *Kulismus*, das Malen mit Kulturen, meist Maden, wird vom Laien häufig mit *Kultismus*, grob auch mit *Okkultismus* verwechselt. Okkultismus kann zwar mit Maden zu tun haben, es handelt sich dann aber meist um der Mythologie zuzuordnende, spirituelle, magische Maden, denen übernatürliche Kräfte oder dergleichen zugestanden werden. Kultismus, auch bekannt als *Gongorismus*, ist ein spanischer literarischer Stil, der außergewöhnliche, überraschende Metaphern einsetzt. Hier kann die Made Anspielung auf antikes Nahrungsgebahren oder Synonym für Fettleibigkeit und Absaugetechniken sein.

Bekanntester Vertreter des Kulismus ist die Malerin Ludmill Lopludmill, 1883 bis 2005, in der Ukraine geboren, Ausbildung am ITAB (Instituto para Trabalho Alegre Biológico*), Lissabon, danach umgezogen nach Sao Paulo, wo sie keine Wohnung fand, Wildfremde sie aber einluden, mit nach Massachusetts zu kommen, einer großartigen Stadt, allerdings nicht für Lopludmill, sie zog weiter nach Boston, dort Leitung des Seminars „No Price No Flies“ am biologischen Konservatorium für ganglische Zwischenstände, unter anderem Zusammenarbeit mit Professor Nanny von Usell, einem transsexuellen ehemaligen Schamanen aus Bremen, der sich, vor allem in den Vorkriegsjahren, mit seiner provozierenden Arbeit *In Voodoo Veritoo* so ziemlich überall lächerlich machte.

* Institut für Fröhliches Schaffen im Biologischen Kontext

Schlafendes Hawaii-Gans-Weibchen mit 12 fidelen Küken
(Ludmill Lopludmill, „Maden auf Leinwand" 1926)

Die meisten ägyptischen Königinnen
schliefen bei offener Pyramide.

Mein älterer Bruder Hans-Peter mit netter Begleitung

Vielen Hummeln kann ich nur immer wieder den Flugsimulator ans Herz legen. Täglich ein paar Einheiten, dazu vielleicht Gymnastik und, ja, auch ruhig ein wenig Theorie!
Wäre ich Evolution, ich hätte diesen Tieren längst umfangreiche, bindende Zusatzprogramme verordnet: ‚Blind- und Nachtflug', ‚Looping mit angelegten Flügeln', ‚Start und Landung ohne ersichtlichen Grund', auch einfachste Übungen wie ‚ErkennenWOLLEN von Hindernissen', ‚Überraschendes Landen auf unsicheren Materialien', ‚Vorgetäuschtes Anfliegen von Wasserflächen', ‚Ehrliche Akzeptanz thermischer Gegebenheiten', ‚Regelmäßiges Abfragen unbekannter Flugrouten', usw. Das Ganze selbstverständlich unangekündigt und ohne Aufwärmen! Die Hummel muss erkennen:
Ihre Geschwindigkeit, aber vor allem ihr scheinbar völlig anarchistisches Flugverhalten bis hin zur Weigerung, dieses zu zeigen – kurz: die Einstellung, herumzufliegen, als hätte man es nicht nötig – passt einfach nicht mehr in unsere Zeit!
Hier muss sich die Evolution erneut den Vorwurf völliger Verantwortungslosigkeit gefallen lassen, sie kann und darf sich nicht länger heraushalten!
Wenn ich die Existenz einer solchen Gattung wie die der Hummel in Erwägung ziehe, dann muss ich aber doch bitte schön, als Grundausstattung sozusagen, die Beantwortung der zwei für dieses Tier alles entscheidenden Fragen in ihr Genom hineinschreiben:
1. Will ich ÜBERHAUPT fliegen?
Und wenn das angekreuzt wurde:
2. WOHIN …?
Dieses Tier hat scheinbar nicht die leiseste Ahnung! Begriffe wie „Reißverschlussverfahren, Mitbenutzung der Standspur bei Verengung, Zwischengas oder großräumiges Umfahren von Hindernissen" und so weiter und so fort:

Die Hummel winkt doch überall ab!
Ihr scheinen diese wichtigen Regeln am Flügel vorbeizugehen, um es einmal burschikos auszudrücken.
Ein Beispiel:
Mir flog im Sommer letzten Jahres, auf dem Fahrrad sitzend, einer dieser Kunstflugakrobaten genau in die Augenhöhle, in welche sie ja bekanntermassen wie angegossen hineinpassen.
Entschuldigung: ICH weiche doch da nicht aus?!
Die Statistik der Evolution führt den Menschen schließlich als höher entwickeltes Lebewesen!
Nun, wir zwei also gemeinsam zum Arzt, erklärt dieser beschwichtigend: „Regen Sie sich um Gotteswillen nicht künstlich auf, Herr Klocke, kein Grund zur Besorgnis, das Tier fällt von selbst ab. Warum? Die Hummel kann es nämlich absolut nicht ertragen, wenn sie sich beobachtet fühlt."

Ja, ist das alles noch fassen? Ich sage Nein!
Und in diesem Zusammenhang sei auch gleich die nächste Frage erlaubt:
Was mag die Evolution für die Gattung „Ärzte" als nächste Entwicklungsstufe vorgesehen haben?
Da geht doch auch hinten und vorne alles drunter und drüber!

Nicht wenige Ehepaare führen bereits nach einigen Jahren die sogenannte „gefühlte Ehe". Obwohl sie ihren Partner nicht mehr erkennen, ihnen der Name auch partout nicht mehr einfallen will, haben sie ein gutes Gefühl.

Wanderfalken (die sich diese Bezeichnung verständlicherweise aufs Äußerste verbitten, denn würden sie wandern, müssten sie in Deutschland regelmäßig ihren Jugendherbergsausweis verlängern lassen) erreichen, und das wäre zu Fuß so gut wie ausgeschlossen, eine Geschwindigkeit von bis zu 250 km/h. Natürlich auch über geschlossenen Ortschaften. Ihr Punktekonto in Flensburg wurde übrigens aufgrund Personalmangels längst aufgelöst.
Die Termite wandert 0,24 km/h schnell. Selbst innerhalb geschlossener Ortschaften. Über Fliegen hat sie nach bisherigen Informationen nie nachgedacht.

Die Frau ist generell im Vorteil. Durch sie rauscht die Evolution einfach so durch! Die Oma geht mit der Mutter schwanger, die Mutter mit der Tochter usw., das ist ein Kommen und Gehen, alles immer in Bewegung, klare Strukturen, zielgerichtetes Handeln, eine Aufgabe für alle Fälle.
Der arme und wie immer benachteiligte Mann hingegen geht überwiegend nichts ahnend mit sich selbst schwanger, tappst aggressiv in der Gegend herum, kommt weder mit Oma, Mutter noch Tochter zurecht und vertrocknet letztlich elendig.

(Musiktherapiet Klocke, aus seinem Vortrag „SMS to LAGERFELD“, im Rahmen des 2. integralpsychologischen Symposiums für Synästhetik, Bern 2010)

Albert Einstein hat gesagt,
der Mensch ist grenzenlos dumm.
Die Zeit vor Einstein muss großartig
und grenzenlos gewesen sein.

In Berlin gibt es wirklich alles:

Wird man hier gespritzt *bis* oder *während* man geht?

Selbstbefriedigung unter fachlicher Leitung

In Amsterdam hingegen kommt vieles weg:

Mir übrigens unbegreiflich, wie schief einem das Bild verlorener Poesie vorkommt!

Auch ich war am Anfang total fett. Ich hatte nicht nur Hängebacken, sondern selbst am Arm Reiterhosen. Wie oft habe ich damals den dilettantisch verkorksten Schnitt eines Jackets angeprangert, bis ich endlich merkte: ich bin es selbst.

Endlich! Die Daten des Seins!
Philosophen atmen auf
und Mutter immer mittendrin, im prallen Leben!
Nach Ich und Selbst allerdings
wird weiterhin weltweit gefahndet.

Klub der dilettantischen Mereologen*

Viele sind eine Person und
ich bin oft nur mein schmunzelndes Gehirn
denn bei ein Meter 95 Höhe
liegen
zwischen mir und den Füßen
Welten
mit Nabel
und ich denke auch
in Klimazonen.

* Dieses mir durch Tagträume leicht in die Physiografie hinübergeschwappte kleine Gedicht soll der stets stiefmütterlich behandelten Wissenschaft vom Verhältnis der Dinge zu ihren Teilen die Stange halten.

In jedem noch so großen Chaos steckt immer auch ein Fünkchen Hoffnungslosigkeit.

Ständig höre ich: Das Leben ist hart, das Leben meint es nicht gut mit mir, das Leben will mir an den Kragen, ich kann so nicht leben, so macht das Leben keinen Spaß …!
Leben, Leben, Leben, immer nur Leben!
Mein Gott, es muss doch auch noch was anderes geben?!

Hier werden zurzeit selbst Kartoffelkisten im Keller und die Lücken zwischen grüner, blauer und gelber Tonne extrem überteuert und unter der Hand mehrfach vermietet. Die Makler der Hoffnung finden längst genügend Zeit, sich nebenbei im Arzneimittel-Imitat-Bereich zu tummeln. Verlinkbar ist alles.

Seminar des psychologischen Forschungsinstituts des ADAC, Bad Rosenaue: „Das Navigationssystem als Muttterersatz."

12 Tote und 7 Schwer- bis Leichtverletzte gab es gestern, als eine junge Frau mit starrem Blick auf ihr Handydisplay in eigentlich recht gemäßigtem Tempo durch die Würzburger Einkaufspassage lief. Ihr Kommentar: „Die Funklöcher in der Innenstadt machen einen wahnsinnig!“

Im Showgeschäft unterscheidet man den gewöhnlichen, einen Showact ansagenden oder durch eine Sendung führenden Moderator und den Star-Moderator.
Der Star-Moderator hat seine Aufgabe völlig verinnerlicht.
Schon bevor er morgens aufsteht, kündigt er sich selbst an.

Im Sport wurde nach den Griechen vieles spezialisierter.
Man schwamm plötzlich mit der Brust oder in Lagen, also schräg und auch hochkant.
Ruderer wollten nicht mehr allein paddeln, es entstand der sogenannte Achter, teilweise mit Begleitung, also Steuergehilfen.
Die meisten Athleten wurden leichter.

Doping fiel erst viel später auf, und zwar beim Dressurreiten.
Die Pferde liefen so schräg.

Franz Marc „Gelbe Teetassen“

Alles muss authentisch sein!
Die Beatles sind ein gutes Beispiel.
Zu ihrem Konzert-Repertoire gehörte immer *Yesterday*,
obwohl es jeden Abend heute war.

Der Tierarzt hat neben seiner Praxis einen Patienten-Parkplatz eingerichtet.
Der Bundesverkehrsminister hält eine Gesetzesänderung allerdings noch für verfrüht.

„Ja, hohes Gericht, dieser Golden Retriever hat mich mit überhöhter Geschwindigkeit geschnitten! Ich erkenne ihn zweifelsfrei wieder! Auch wenn er so unschuldig schaut …, er war's!"

Durch aus heiterem Himmel auf die ahnungslos unter ihm fahrenden Automobile herabfallende Riesenkraken ist die A3 zwischen Oberhausen und Abfahrt Frankfurt-Flughafen in beiden Fahrtrichtungen bis auf Weiteres komplett gesperrt. Man rechnet mit dem Filmstart zu Beginn der Sommerferien.

Man hat jetzt herausgefunden, dass im Gehirn die Intelligenz auf Höhe des Hinterkopfes, über den Gefühlen und unterhalb des Gedächtnisses, sitzt. Dass sich ein Kunde nach einem Friseurbesuch allerdings an nichts mehr erinnern konnte, entpuppte sich als plumper Versuch von Zechprellerei.

Vorn, über den Augen, liegt das Zentrum für Sex. Mit zunehmender Lebensdauer nimmt das Sehvermögen ab.

Im Gebiet oberhalb des Sexzentrums entsteht die Sprache. Sie versucht, die immens umfangreichen Aktivitäten des Gehirns nach außen hin einigermaßen nachvollziehbar darzulegen. Zu vielen Dingen wird bekanntlich bewusst geschwiegen.
Es soll Menschen geben, die sprechen ganze Sätze nur zur Hälfte. Ein Unding und asozial obendrein! Da könnte man genauso gut hingehen und nur die Hälfte seiner Miete zahlen. Dazu braucht man aber nicht hingehn!
Wenn das jeder!?
Dennoch, selbst bei vollständiger Kommunikation ist inhaltlich korrektes Verständnis nirgendwo zwangsläufig:

Morgens unmittelbar nach dem Aufstehen.
Er: „Schatz, was ist los, unzufrieden?"
Sie: „Nun, na ja."
Er: „Keine Scheu, nur raus damit."
Sie: „Also gut. Es ist, weil wir gestern keinen Verkehr miteinander hatten."
Er: „Entschuldige, was fragst du mich? Ich hab geschlafen!"

Ganz oben in der Hirnschale schließlich das Bewusstsein, dem man gar nicht richtig böse sein kann, schließlich hängt sein Zustand sehr stark von Zulieferfirmen ab.

Dr. Albert Hofmann: „Das Bewusstsein ist die aktuell höchste Umwandlung der Sonnenenergie."

Gemüt und Bewusstsein haben zur selben Zeit in Heidelberg studiert, Gemüt promoviert, Bewusstsein arbeitet halbtags in einer Firma für Spielesoftware, immer noch.

Ray Kurzweil: „Wenn Maschinen dereinst behaupten, sie besäßen ein Bewusstsein, so werden wir es glauben müssen. Sie werden es nicht beweisen und wir nicht widerlegen können."

Dass der Hummel ihre Flugkünste nicht bewusst sind, möchte ich bezweifeln!

Der Mensch hat 20 000, der Floh 30 000 Gene.
„Das juckt mich nicht“, ruft der Floh und springt eilig zu einem Arzttermin auf den Nachbarshund.

Cytologe Dr. Ernst Teubner: „Unvorstellbar, wir sind damals noch mit Zellen aufgewachsen.“

Beim Versuch, die mit kleinen Klebekugeln, gern auch -streifen in meiner Fernsehzeitschrift eingeheftete Reklame vorsichtig zu entfernen, riss ich mir bereits am Freitag den gesamten Dienstag weg.

Manchmal ist der Termindruck derart groß, mir fehlt förmlich alle halbe Stunde eine ganze.
Da kann man sich ausrechnen.

unkommunikativ und feige

Die Frage ist doch, ob generell jeder von uns tief im Innern ein einfaches Gestüt besitzt.
Wer das nicht begreift, denkt neben sich, hoppla. Selbst Adam und Eva konnten sich nicht sofort für eine Immobilie entscheiden. Sie wurden zunächst gründlich vertrieben. Und das nicht wegen Lärm, sondern wieder mal Sex. Durch ihn wissen wir inzwischen viel darüber.
Riesenkalamare beispielsweise, die ja bekanntlich in unglaublicher, stockdunkler Tiefe leben, wenn sie auf jemanden stoßen, paaren sie sich blitzartig und ohne Zögern mit ihm, wer weiß, wann man da unten mal wieder jemanden trifft.
Ungeheuerlichkeiten wie diese waren es, die mich Anfang des letzten Jahrzehnts in Zeiten allgemeiner Faltenunterspritzung dazu brachten, durch einen Facharzt eine Persönlichkeitsspaltung vornehmen zu lassen, sodass ich jetzt an verschiedenen Orten gleichzeitig alle natürlichen Auswüchse studieren, ja entnehmen kann. Seit das übrigens meine Krankenkasse erfahren hat, bekommt meine Familie nur noch gebrauchte Pflaster zugeteilt: „Nehmen Sie ruhig mehrere, die meisten kleben nicht mehr so gut!"
Skandalös, wie schnell man vorschnell in Raster eingeteilt und lebenslang weihnachtsplätzchenartig in Blechdosen durchgeschüttelt wird.
Spannung allüberall!
Vielleicht kurzerhand mutig im Urlaub bisher nie bedachte Pfade bestreiten?! Halbpension in der Nothaltebucht auf der A7 zum Beispiel, ganz privat, nur für sich und die Familie.
Entspannung allüberall!
Obwohl, auch die Gletscher lassen nach. Und durch das dadurch verflossene Wasser wird sich ebenso der Mensch verdünnen. Teilweise ertrinkt er, teilweise jagen in seinem Vorgarten

die allerletzten beiden Eisbären Maulwürfe oder zeigen pantomimisch „Knutschen – das Musical".
Aber das Entscheidende:
Durch die Klimaerhitzung schmelzen dem Internet die Einsen weg (Toilettengraffiti der Wikileakskantine).

Skurrilculum:
Der Königssee ist nicht mehr beschiffbar, seit ein riesiger Wal ihn mit hilfloser Mimik komplett ausfüllt. Aus Japan hagelt es Stornierungen. Herr König ordert den größten Kran der Welt. Die Geschichtsschreiber tragen erst am 17. den 16. April ein, zu viel gab es zu beobachten. Die Gemeinde Königssee atmet auf, der Wal vergießt Freudenfontänen im Indischen Ozean. Die Malediven gehen unter. Irgendwie gleicht sich nichts aus.

In extrem kalten Winternächten ebbt der Strom der Passanten um ein Vielfaches ab. Jetzt hält hier niemand mehr inne. Wen es dennoch eilig zitternd über die Brücke verschlägt, wird von eisigen Winden attackiert. „Vielleicht ist zu viel Gefühl im Spiel, aber die Schmach erzwang keinen Aufschub“, ruft Caroline, die Schneiderin, und springt in die tödliche Schwärze der rastlosen, eiskalten Seine. „Die Kündigung war ein Versehen, das Büro hat einfach die Adressen vertauscht!“ Lagerfeld stand fassungslos da.

Während der fast 12 Jahre, die ich mit einem Mäusebussard zusammengelebt habe, fuhren wir oft gemeinsam Rad. Stolz saß er vorn auf dem Lenkrad und hatte die Gegend im Griff. Nachts brauchten wir kein Licht, denn der Bussard sieht ja wie ein Habicht.

Immer mehr Schlepperbanden schleusen um die Osterzeit osteuropäische Kaninchen in unser Heimatland. Diese werden mit Scheinangeboten, hier als Au-Pair-, Escort- oder Film-und-Foto-Hasen arbeiten zu können, angelockt, müssen sich dann aber in den meisten Fällen einem gesichts-, sprich ohrenchirurgischen Eingriff unterziehen, um hier überhaupt als Hase durchzugehen. An den Festtagen verstecken sie dann illegal Ostereier und treiben so unsern alteingesessenen, beliebten Hasen in die Arbeitslosigkeit.
Tragischer Nebeneffekt: 86 Prozent der Eingeschleusten versagen, weil sie teils vorher nicht fachgerecht übers Eierfärben informiert, teils sogar, ganz bewusst, ohne Korb losgeschickt wurden, und landen letztlich in einschlägigen sogenannten Hasenhäusern, wo ihnen von Skrupellosen die Pässe abgenommen und sie gezwungen werden, Wildfremden die Eier zu verstecken oder sonstige Niveaulosigkeiten abzuleisten. Das hat mit Romantik oder Perversion aber so was von nichts mehr zu tun! Da kann man wirklich nur die Löffel über dem Kopf zusammenschlagen!

Nachtrag: Neben schleusenden Schlepperbanden schleppen inzwischen sogar Schleuserbanden. Es hört nicht auf!
Hier ist dringendst der Gesetzgeber gefordert, und zwar nicht einfach nur Gesetz zu geben, sondern auch nachzuprüfen, wem!

Klimawandel oder: Solarien doch nicht schädlich!

Höchstens in Maßen

Dass er in jungen Jahren ein paar Kreatin-Kuren, hier und da Corticoide, Phentermin, so gut wie nie Ephedrin, Cannabinoid oder ganz wenig Methylhexanamin, später Crotetamid, 19-Noreticolanolon, höchstens mal Furosemid und immer nur ganz vorsichtig in Verbindung mit Hydrochlorothiazid und Cropropamid eingenommen hatte, auch die lange Zeit mit EPO Cera, eigenem wie völlig fremdem Blut, und wie sich schließlich sein Körper auf die Zugabe von R- und DNA-Molekülen umgestellt hatte:
Von alldem hatte man ihm doch NICHTS gesagt?!!!

MULTIVITAMINSAFT …, das ja!

Aber auch nur VOR den Wettkämpfen! 2 Gläser, nie mehr!

Sprache war lange Zeit ein stolzes, ausgesprochenes Phänomen. Erst der Mensch brachte eines Tages die Worte dazu, sich auch schreiben zu lassen. Anfänglich noch misstrauisch und voller Skepsis fanden schließlich immer mehr von ihnen Gefallen daran. Um dem Andrang Herr zu werden, führte man kurzzeitig Prüfungen ein, denen sich Worte, wollten sie denn geschrieben werden, unterziehen mussten. Die durchgefallenen wurden halt weiterhin nur gesprochen. Missgunst der Worte untereinander sowie bürokratischer Aufwand nahmen allerdings bald überhand. Letztlich konnte man nicht verhindern, dass alles, auch Unausgesprochenes, niedergeschrieben wurde. Nicht nur die Worte litten, generell sank das Niveau, die Zeit sprachlichen Ausverkaufs hatte begonnen. Hinzu kam, dass größtenteils in Niedriglohnländern unter unsäglichen Bedingungen Wort und Satz produziert und schon bald, ohne jede Qualitätsprüfung, ebenso zügel- wie drauflos geplappert als auch geschrieben wurde. Bald war nicht nur die Atmosphäre komplett besprochen und beschrieben, nein, auch das Netz verlor irgendwann die Fassung und riss. Unvorstellbar große Satzmengen ergossen sich ins Universum und suchten dort nach Fremdsprachen.
Der Mensch allerdings verstand es wieder einmal geschickt, die Verantwortung für diese Entwicklung von sich weg- und allein der Sprache zuzuschieben:
„Wenn Worte auf hohem sprachlichem Niveau gesprochen werden wollen, dann sollen sie sich gefälligst auch mit denen, die das mit ihnen tun sollen, vorher zusammensetzen und absprechen!“

Vielerorts ist das Rauchen inzwischen nur noch in genau festgelegten Höhen über der Stadt und dort in vom Gesetzgeber präzise vorgeschriebenen geometrischen Bahnen erlaubt. Zahl der Raucher mit Fluglizenz ansteigend.

Wie jetzt bekannt wurde, sind große Teile des Romans „Orchideen im Teigmantel“ dem Bestseller „Dressurreiten – leichtgemacht!“ entnommen. Die ungeschickt integrierte Geschichte der Cellistin Yong-Li, die sich aus Liebe zu einem hessischen Koch mit ihrem Cello in die Luft sprengte, sogar komplett.

Meine Frau, die traditionell am Muttertag in der Garage Ölwechsel machte, staunte nicht schlecht, als ich Hand in Hand mit den Kindern plötzlich vor ihr stand und wir gemeinsam sangen: „Mami, wir ha'm dich lieb!"

Mir ist bis dato nicht klar, warum ich mit der Veröffentlichung „Kiemenentzündung beim Schellfisch“ meine Karriere als Biologe ad acta legen musste.
Ganz anders im medizinischen Bereich.
Europaweit bekannt mein Seminar: „Das Knie – Achillesverse der Zivilisation“.

Notdürftig überklebt

Lass es!

Ein dem Buddhismus Zugewandter, gerade ins Grab Hinabgelassener war drauf und dran, den zahlreichen, um ihn herum Trauernden für ihr Erscheinen, und auch sonst, noch einmal von Herzen zu danken und ihnen zuzurufen:
„Meine Damen und Herren, es war mir wirklich ein sehr großes Vergnügen, beerdigen Sie mich bald wieder!“

Die Eintagsfliege hat mittags Sommerferien.
In den jeweiligen Bundesländern traditionell unterschiedlich.
Zum Tee gibt's Midlifekrise.

In manchen Opern kann man nicht wissen, was die Sänger singen, wenn man nicht vorher schon weiß, was es ist.

Als es noch Wale gab, fingen viele Japaner sie zu Forschungszwecken. Am liebsten erforschten sie sie in Restaurants.

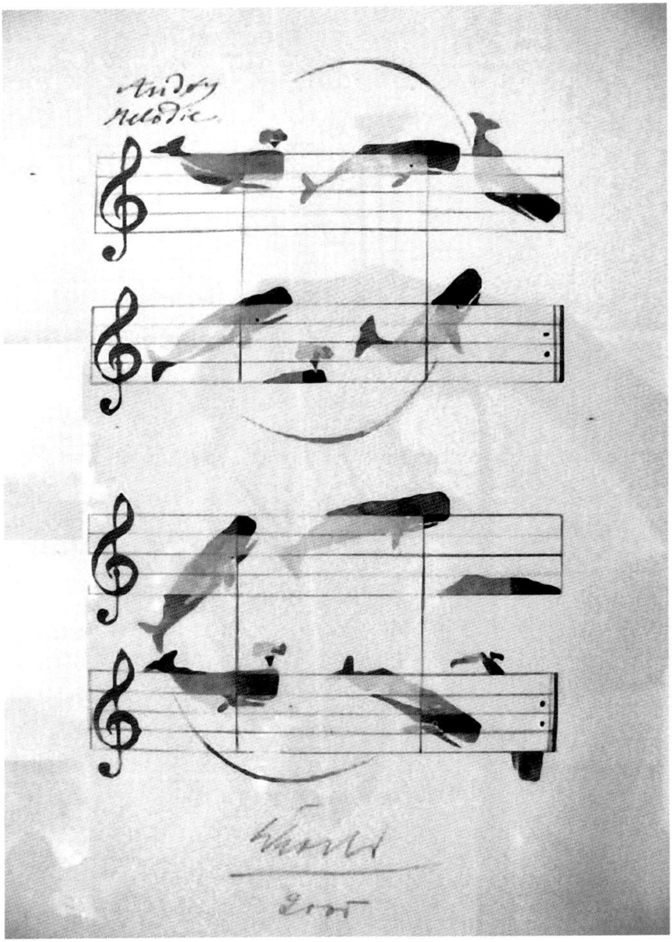

(Christoph Koch, 2005)

Gerade weibliche Seepferdchen haben äußerst hochtrabende Vorstellungen von einer Beziehung.

Wie gesagt,
Sprache kann vieles.
Ich persönlich beispielsweise
habe Zeit meines Lebens versucht
mich schön zu reden,
ohne Erfolg.

Weiß und Beige sind beides sehr hellhörige Farben.

Kunst ist Energie und entstammt energisch.
Penetranz ätzt, Schönheit beeindruckt, Arroganz verprellt, Statements knacken.
Die Ästhetik der Mathematik lässt sich nur eingeschnappt in Zahlen fassen. Letztlich sind auch Worte sprachlos, darüber schwieg ich bereits. Gerade bei längeren Weltraumfahrten ist SmallTalk unausweichlich UND menschlich.

(Dazu auch: *Life is a Sample!*, Harry Graf Kessler, IX. Band)

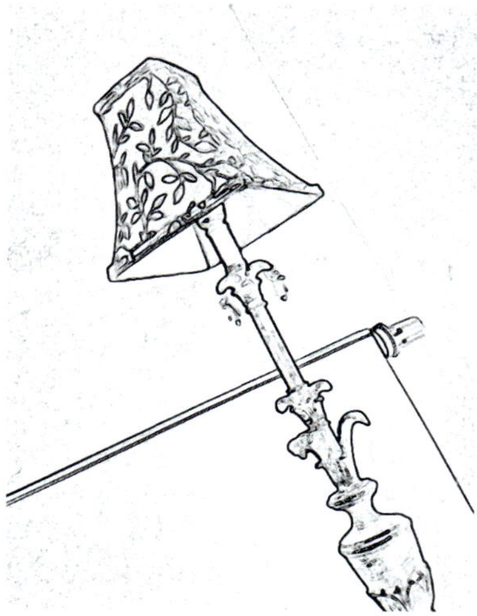

Ich schiebe die Stirn hoch und biete dem Regen das Kinn. So ermutige ich meine sogenannte Kunstfigur. Kunst ist Gott sei Dank Mitmachen.

Mit Leid und Schönheit bei der Sache.

„Kunst kommt nicht von Frust, Lyrik vielleicht."
(Aus: *Sprache* – CD *Puffy Egborn II* –, eine Hommage an Heinz von Förster)

Egal ob IPPZIPPZAPP oder unbewusstes Auswählen, ich erwische beim Öffnen einer Arzneimittelverpackung kismetartig IMMERIMMER die Seite mit der sich in den Weg stellenden Bedienungsanleitung. Die Arznei bleibt verborgen.
Den Herstellern müssen unglaublich präzise Gutachten von aufs Öffnen solcher Schachteln spezialisierten Verhaltensforschern vorliegen!

Wenn sich beispielsweise in einem China-Restaurant 2 Angestellte in einer längeren, für mein Ohr recht flott geführten Unterhaltung befinden, wird ab einem gewissen Punkt der Wunsch zu verstehen so mächtig, dass ich irgendwann aus diesem immensen Lautgemälde heraus immer mehr deutsche Begriffsfetzen entnehmen und wie selbstverständlich über sie ganz locker den Inhalt des Gesprächs benennen kann. Allerdings ohne jeden Erfolg.

Viele Wissenschaftler sagen Hauptsache angewandt!

Die Windmühlen unserer Tage finde ich nicht so schön wie die typisch holländischen von früher. Sie sind auch so hoch! Außerdem kann ich mir nur schwer vorstellen, wie man das Getreide dort hinaufbekommt.
Unter uns: Ich vermute, sie mühlen gar nicht mehr und erzeugen nur noch Wind.

Rechtes Bein, allein – in rotem Adidas
(Peek van Cloppenburg, „Öl auf Teppich“, 1879)

Gott sei Dank habe ich bisher noch an keinem Erdbeben teilgenommen!

Das Unter-Ich hat über PARTYLEAKS erfahren, was über ihm los ist, und will jetzt auch nach oben!

„Die Gedanken zerebral –
wozu sie erraten –
sie sind ganz normal –
es sind halt nur Daten“

(Altdeutsches Gutlied)

Im Gegensatz zum Gehirn der Ratte sind durch die Evolution im menschlichen Gehirn unglaublich viele Nervenzellen entstanden. Aus diesem Grunde regt sich die Ratte darüber auch weniger auf!

Ich habe kürzlich eine App erworben, welche mittels eines winzigen akustischen Ereignisses in Sekundenbruchteil die komplette Anzahl der bis dahin gesprochenen Worte eines Menschen anzugeben in der Lage ist. Für die Mehrzahl der weiblichen Bevölkerung wurde vor einiger Zeit eine Cloud eingerichtet. Cloud macht die schier unbegrenzte Ausdehnung von Informationen möglich. Ein weiteres Stück Startrek ist somit in die Nüchternheit gewarpt, erneut eine Fantasie der Realität gleichgemacht.
Unerträglich, dass immer mehr dringendst wissen müssen, wie Spocks Ohren angeklebt sind!

Der Petersturm in Rillingen (hier ein vereinfacht nachgestelltes Archivbild) ist Wahrzeichen der Stadt und steht weltweit als Symbol für den ganzen Landkreis Rillingen. Er wurde in den Jahren 1887 bis 1889 anlässlich des hundertjährigen Bestehens der Städtepartnerschaft mit Rom errichtet. Der Stahlfachwerkturm wurde nach seinem Erbauer, dem Architekten Peter Sturm benannt, der sich bereits Jahre vorher an Gebäuden wie dem *Eifeldom* in Gerolstein, dem Nachbau (1:25) der *Süleymaniye-Moschee*, Istanbul (zu sehen im Freizeitpark „Minimundus“, Kärnten) und den *Sieben Brücken* über die Maffay (Fluss in Rumänien) versucht hatte. 25 schwindelfreie Bäcker kleiden jedes Jahr vor den Weihnachtstagen den 324 Meter hohen Turm komplett in süßes Spritzgebäck.

„Fantasie ist nur die tagespsychologische Auswahl einer mathematisch exakt zu ortenden Assoziations-Menge F!“

(Aus dem Lied: „I’m so augmented“, Thorsten Turbo & die Pointer Sisters)

Ich befasse mich nun schon ausgesprochen lange Zeit mit dem Thema Evolution, aber von einem Phänomen mit Namen „Eidechsistenz“ habe ich nie gehört!

Der Möwe, König der Tiere

Eine Ungeheuerlichkeit, dass wir gutbürgerlichen Menschen mit Anstand, Sitte und sonstigen Verhaltensparagrafen durch die Straßen gehn und uns brav zurückhalten, während über unseren Köpfen, auf den Bäumen und auch sonst überall da oben, die gesamte Tierwelt, also die Tauben, ungeniert und skrupellos enthemmtesten Sex jeglicher Couleur vollzieht und sich nicht im Geringsten daran stört, dass wir ihnen dabei zuschauen können.
Allerdings frage ich mich seit Langem, wie sie sich im Falle sadomasochistischer Praktiken überhaupt auf dem Ast halten, diese Teufelskerle!

Nicht nur in Paris gibt es Büros von thailändischen Fuß- und sonstigen Masseusen, übrigens ganz seriöse Einrichtungen, die auch Reflexzonen anbieten, also Reflexzonen-Massagen. Dort habe ich mich vor kurzem einmal verdächtig gezeigt, weil ich sprachlich nicht präzise in der Lage war klarzumachen, wo oder besser was bei mir persönlich und wie alles Reflexe hervorbringt. Zum besseren Verständnis wies ich darauf hin, dass ja bekanntermaßen bereits Reflexe hervorgebracht werden, wenn einem bestimmte Reize auf der Straße entgegenflanieren.
Ich bin in diesem Büro merkwürdigerweise, aber auch zu Recht, nicht weiterbehandelt worden.
So zeigt halt jeder Mensch ihm eigene Reflexe, aber auch Reaktionen, und da fallen dann natürlich zusätzliche Kosten an!

Herr Ederer, praktizierender Koch aus München: „Manchmal braucht man lang, bis man draufkommt, was man tut."

Durch die Globalisierung gibt es kaum noch richtige Länder. Holland zum Beispiel gibt es zwar noch, aber auch dort ist die Grenze verfallen. Wenn bald nur noch überall englisch gesprochen wird, muss der Diskurs-Rock andere Saiten aufziehen. Auch für ein paar Generationen Fußballfans wäre die Entdeckung eines bewohnten Planeten eine Erleichterung.

the age of display

Gestern kam ich in eine Polizeikontrolle, hatte aber Glück, denn ich saß allein im Wagen, allerdings hinten.

In diesem Zusammenhang:
Je länger der Stau, umso besser die Aufnahmequalität der Blitzgeräte.

Des Komödianten prägendster Satz: „Die Welt, an der wir interessiert sind, ist nicht in Sicht“

Das Leben ist wie Bluesmusik, ohne Text wissen die andern nicht, worunter man leidet.

Der Nachteil von Erkenntnissen ist ihr angeborenes Hinterherhinken.

Inzwischen hat man versucht, in die Erbinformationen der Erkenntnis einzugreifen, um diese von der Abhängigkeit des Erkennens loszulösen, ein lächerlicher, erbärmlich gescheiterter Versuch.
Auch iErkenntnis führte zu unbefriedigenden Ergebnissen, scheint überhaupt ziemlich lieblos programmiert, Gratis-App halt.
Vorteil einer Erkenntnis ist das Gefühl, etwas erkämpft, eben erkannt, zum Abschluss gebracht zu haben.
Nachteil: noch erfolgstrunken, champagnerüberströmt plötzlich geplättet mit der Erkenntnis dazusitzen, einer Scheinerkenntnis aufgesessen zu sein. Ebenso unvorteilhaft: sich genussvoll ausschließlich im Erkennen einzurichten, das Interesse an abschließender Erkenntnis also vollständig aufgegeben zu haben.

An den meisten Universitäten wird Erkenntnis für Theorie gehalten.

Generell gilt:
Wenn es häufiger passiert, dass eine Erkenntnis VOR dem Erkennen auftaucht, bitte sämtliche Abläufe genauestens notieren und einen Termin beim entsprechenden Facharzt erbitten.

Kleine Erkenntnis-Auswahl

1. Jeder muss wahrscheinlich einmal sterben.
2. Keiner weiß, was man so denkt, wird man als Auf-der-Weide-die-Nacht-durch-wach-und-aufrecht-stehende Milchkuh wiedergeboren.
3. Immer nur die Dinge aufzählen, die man anstatt der Dinge tun könnte, führt zu Unwohlsein.
4. Bei-Rot-über-die-Ampel-gehen verhöhnt unsere gesamte gesellschaftliche Ordnung und bringt diese ins Wanken, in einigen Fällen zum Kippen.
5. Man wird es nicht schaffen, eine Frau mit Argumenten in Verlegenheit zu bringen (Jochen Schmidt in *Schmidt liest Proust*)

Brille ohne mich – beim InsBlauehineinBetrachten

Zitat einer französischen Schauspielerin: „Ein Frauenfeind, der seine Lektion gelernt hat, ist interessant."

Im Grunde kann man hingehn, wo man will, irgendwann ist Osten.

Richter:
„Angeklagter, wieso ist es denn überhaupt zum Sex gekommen?“

Angeklagter:
„Ach, eigentlich wollte ich nur mal das Thema wechseln.“

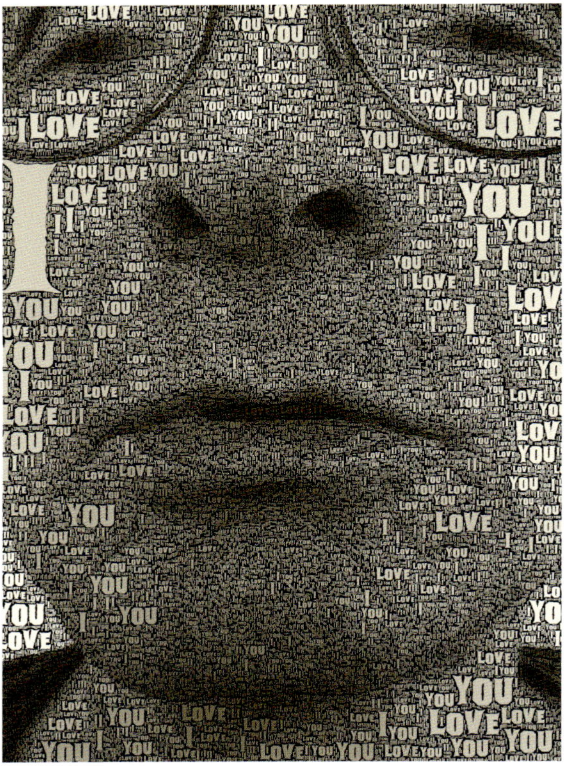

Die Liebe ist uns allen
zwar ins Gesicht geschrieben
das sich darunter befindende Gesicht aber
hat gelernt sich zu schützen:
nur selten offen, aber sichtlich bedruckt
so ein Gesicht arbeitet halt
im diplomatischen Dienst
es vermittelt lediglich Eindrücke
für die Vertragsabschlüsse
ist die Liebe selbst zuständig

Das Schicksal blinkt schließlich auch nicht
beim Abbiegen!

Aufgrund heftiger Auseinandersetzungen zwischen den zuständigen Nanobots und eingeschleppten Grippeviren reduzierten gestern Geräusche wie die von winzigen scheppernden Mülltonnen meine Nachtruhe auf eine halbe Stunde. Ein Pressesprecher wies darauf hin, es sei noch längst nichts entschieden, man rechne damit, dass die Kämpfe in den kommenden Nächten möglicherweise an mehreren Schauplätzen innerhalb meines Körpers mit unverminderter Härte fortgesetzt würden.

Moral: Wenn Geräusche von innen kommen, muss man schon sehr aufmerksam weghören.

Im Mittelalter glaubte man vielerorts, dass sich aus den Füßen ganz allmählich der restliche Mensch entwickelt habe.

Eine Theorie, über die man heute den Kopf schütteln kann.

Ach ja …, früher …

Auf Ibiza hat das Zentrum für angewandte Eigenblut-Hypnose schließen müssen. „Tanz- und Klopfakupressur für Ledige“ sowie „Der Gesang der Bauchspeicheldrüse“ waren dort anfangs die Renner. Mit „Transpersonale Egoskopie“ aber, einem Seminar ganz ohne Teilnehmer, ließ sich schwer haushalten.

Ich muss los, im Bioladen gibt’s endlich wieder Nacktgerste.

Vorteile bei der Steuererklärung

Laut Statistik verbringen wir täglich 3,7 Stunden vor dem Fernseher. Dabei sind 13,5 % der Geräte nicht mal eingeschaltet.

Viele Ärzte sind inzwischen Ganzheits-Mediziner. Da macht es keinen Sinn, nur einzelne Teile in die Praxis zu schicken, wie ich das noch vor ein paar Jahren nach meinem letzten Auffahrunfall praktizieren konnte.

Moral: Wenn schon teilweise, dann bitte aber ganzheitlich!

Ich bin froh, dass ich beim Fahren im Auto sitze, draußen wär's mir zu gefährlich.

Verkehrsberuhigung

Wenn reiche Prominente auf ihr Glück im Leben verweisen und etwas wieder zurückgeben wollen, bedeutet das Reklamation?

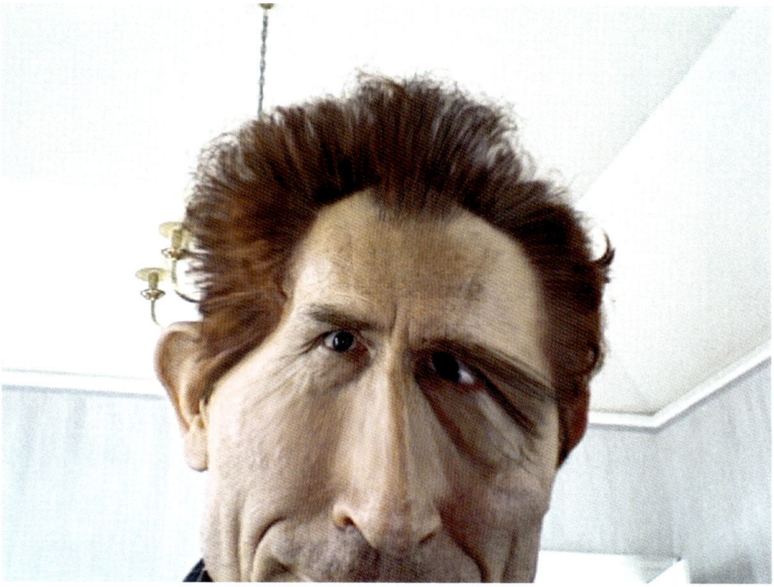

2016

Apple bringt mich als Paul-Breitner-Prinz-Charles-Gedächtnis-Wallpaper in den Handel.

Gestern Nacht war wieder schrecklich.
Ich hatte Besuch, 3:35 Uhr, und was mich um diese Uhrzeit noch mehr auf die Palme bringt, unangemeldeten.
Während mein Körper wie gewohnt völlig unreflektiert vor sich hinlümmelte, versuchte mein Bewusstsein oder besser, das unter ihm in nicht ganz geklärten Arbeitsverhältnissen werkelnde Unterbewusstsein, auf sich aufmerksam, um nicht zu sagen Randale zu machen.
Damit ihm aber überhaupt jemand zuhörte, musste es mich wecken, und das geschah, wie immer in derlei Nächten, von denen ganz Schlaue behaupten, sie seien zur Stabilisierung des Gesamten und Wiederausrichtung der Psyche unerlässlich, ich hingegen bin da ganz und gar entgegengesetzter Ansicht, ach was heißt, ich bestehe sogar darauf, dass, wenn ich mich schon zu kanadischen Wildgansfedern ins Bett lege, dass ich dort auch entspannt und vor allem störungsfrei durchschlafe und weder irgendein Bewusstsein mit all seinen Untergebenen oder Verwandten aus Amerika noch die um ein Vielfaches zickigere, hoch komplizierte Psyche mit ihren dämlichen Andeutungen, Fragen und Problemzonen – also die schon gar nicht! – mir den Abend versauen …!
Jaja, schon gut, ich versuche sachlich kontrolliert zu bleiben, trotz der Übermüdung.
Diese unverschämte, abrupte Unterbrechung meiner schwer verdienten Ruhephase also geschah mittels Vortäuschung von akustischen Ereignissen!
Und zwar nicht etwa angenehmer Provenienz wie zärtliche Werbegesänge der willigen Meise, Tanzgeräusche verliebter Bachstelzen auf nassem Zedernholzersatz oder sonstige frühlingsbedingte Tierstimmenimitation, mitnichten!
Aus dem Nichts, also ohne höflichen Warnton oder fein dosiertes Anschlagen eines Glöckchens explodiert unmittelbar

neben meinen Ohren eine Punk-Akustik, die sich anhört, als würde die rumänische Mafia zu fünft das Zimmer stürmen, ein Selbstmordattentäter samt Onkel und Schwippschwager ihrer Arbeit nachgehen oder wenigstens wie der allererste Teststart des Warp-Antriebs der Enterprise und ich mitten im Triebwerk! Wer in solchen Momenten noch an filigrane Traumdeutungstheorien oder psychologische Feldforschung denkt, dem sei ein dreifaches „Faszinierend!“ zugeprostet!
Sicher, es geht auch anders.
Die Neurotransmitter sind ja vorbereitet.
Ha, denkste!
Trug und Lug rufe ich!
Alternativ nämlich zu obengenannten flegelhaften Detonationsstrategien spielt das Unterbewusstsein meinem zufrieden wie ein Kinderpopo dahindämmernden Gehirn wahlweise, aber ebenso unvermittelt Bilder ein.
Bilder allerdings, in denen genüsslich zertrennte Gliedmaßen zu sehen sind, platzende Monsterbrüste, Vierteilung per Pferdefuhrwerk, Augenausstechen mit alten Bleistiftminen, Brettern über nicht vorhandene Schnellstraßen im Gebirge, natürlich ohne Auto aber mit anschließendem Boxenstopp voll in die Felswand, nacktes Erscheinen vor Gericht oder immer wieder gern genommen: allgemeines Abtrennen von Geschlechtsteilen durch Aliens in schwarzen Messen!
Herrschaften, was soll der Unfug?
Wenn sich das Unterbewusstsein in einer solch perversen, unappetitlichen Form darstellt und sich diese, übrigens elend produzierten C-Movies gern anschaut, bitte sehr! Aber doch nicht mit mir zusammen, mitten in der Nacht!? Ich muss mich schließlich erholen vom täglichen Kampf und Ärger mit den ganzen Idioten da draußen!
Ich hab auch meine Sorgen!

Da kann ich nicht noch mit irgendeinem Bewusstsein in schlechte Filme laufen! Und womöglich die Psyche im Schlepptau?! Ich und Selbst knabbern laut Popcorn, und ich selbst werde überhaupt nicht gefragt! Ja, wo sind wir denn?! Und ob nun akustische oder optische Störung der Nachtruhe, was ist denn hier eigentlich los? Wieso kann man sich nicht tagsüber in Ruhe mal zusammensetzen und über alles reden? Ich bin doch willens! Wenn jemand meine Hilfe braucht, kein Thema! Ob Unter- oder Überbewusstsein, man kann doch Termine machen, wo leben wir denn? Wenn man sich derart heruntergewirtschaftet hat, dass man mit solchen Filmchen oder derlei platten Geräuschen auf sich aufmerksam machen muss, da ist doch ohne Zweifel irgendetwas oberfaul, da ist es doch wohl offensichtlich, dass hier jemand ganz dicht am Abgrund steht, in absolut auswegloser Situation, komplett am Ende ist!
Da habe ich doch geradezu die Verpflichtung als Mensch, die Verantwortung, ihm zur Seite zu stehen, zu helfen!
Oder ist das etwa alles nur Theater? Will sich da jemand an mich heranschleichen, der sich tagsüber nicht traut oder nicht gesehn werden darf, weil er schon andernorts mit seinen miesen Vorlieben übelst aufgefallen oder gar vorbestraft ist?
Oder ist das alles echte, tiefste Verzweiflung?
Darüber, dass niemand mit ihm spricht, weder oben noch unten? Und die Psyche ist auch immer nur mit sich selbst beschäftigt oder lässt sich verleugnen? Hat das Unterbewusstsein vielleicht Liebesentzug? Braucht es Zuwendung? Zärtlichkeit? Ja, mein Gott, aber da kann ich doch immer wieder nur sagen: Alles überhaupt kein Problem, bitte sehr!
ABER DOCH NICHT IM SCHLAFANZUG!!!

Extrem originelle Beschriftung des Kopfsteinpflasters
der Alten Postgasse in Weimar

Privat:

Ich habe noch sehr viel Schlaf nachzuholen!
Und zwar:
den vom 18.04.1992 (komplett),
den vom 02.07.1994 (mit Unterbrechungen)
und den vom 30.08.2005 (zwischen 2:40 und 6:00).

So genau weiß das niemand, also doch.

Wenn wir nicht existierten, gäbe es uns vermutlich gar nicht. Es gäbe nur niemanden, den aber in ständigem Selbstzweifel. Wer ist, hat leicht lachen.
Wer nicht ist, aus dem wird meist nichts, ihm kann nicht mal das Lachen im Halse stecken bleiben (worüber dieses, wie man hört, gar nicht so unglücklich ist, denn Lachen, in existenter Form, liebt seine Freiheit, nicht existierendes Lachen ist vernarrt in Ursachen).
Wo also nichts ist, ist bekanntlich nicht nur nichts zu holen, sondern auch nichts abzugeben.
Wer glaubt, er ist, obwohl er nicht ist, übersieht, überschätzt und gaukelt sich zu allem Überfluss vor, er sei. Wenn so ein Größenwahnsinniger behauptet, ich bin, hört er tragischerweise nicht mal das Geräusch, das in diesem Moment das Lachen in denen macht, denen es im Halse stecken bleibt. Also, ich hör mir die Dinge, so wie sie sind! Und wenn da nichts ist, dann hör ich auch nichts!
Unter uns: Nichts ist wenigstens Etwas!
Außerdem denkt man bekanntlich immer etwas, selbst wenn man nichts denkt. Ich denke nichts, also bin ich.
Und ich behaupte sogar, dass es einem gerade in den Momenten, wo man nichts denkt, besonders stark auffällt.
Mein Gott, da wird einem richtig schwindelig! Also, diesem Nichts kann man wirklich nur raten, sich baldigst komplett auf Alles hin durchchecken zu lassen! Wer bin ich oder wo könnte ich sonst noch sein, das ist doch hier inzwischen schon die Antwort!

Fazit:
Wer das Sein lässt, dem kann ich auch nicht mehr helfen.

In letzter Zeit ernähre ich mich ausschließlich von künstlichen Aromen. Allerdings sollten sie so frisch wie möglich und aus der Region sein!

Das Gewicht des Pelikans, seine ganze Einstellung machen das Abheben zu einer strapaziösen Angelegenheit. Danach aber kann er 24 Stunden ohne Pause fliegen und dabei bis 500 Kilometer zurücklegen; die Fluggeschwindigkeit kann 56 km/h betragen, die Flughöhe über 3000 Meter. Im Flug biegen die nicht schwindelfreien Pelikane den Hals zurück, sodass der Kopf zwischen den Schultern liegt und sie nicht nach unten schauen müssen.

Pinguin mit meiner alten blauen Brille

Ich habe mit vielen Tieren gesprochen und kann Ihnen versichern, der Trend geht dahin, dass man uns Menschen nicht mehr akzeptiert!

In einer Berliner Monatszeitschrift unter der Rubrik „Physische Kommunikation auf direktem, unbürokratischem Wege“ war eine Frau mit leicht strengem Gesichtsausdruck abgebildet, die dabei war, ihre Bluse von vorn nach hinten über den Kopf zu ziehen, darunter nichts als sekundäre Geschlechtsmerkmale, dafür unter dem Bild die 2 knappen Sätze:
„Hose auf! Ich garantiere, du kommst!“.
Für mich, der ich noch so erzogen wurde, dass ich mit geöffneter Hose niemals das Haus verlassen, gar jemanden besuchen würde, schon gar nicht jemanden, den ich nicht kenne, eine sich mir absolut nicht erschließende Anzeige. Ich habe dann dort angerufen, um die Dame darauf aufmerksam zu machen, dass es möglicherweise zu Fehlinterpretationen bei den Lesern führen könnte, wenn man sein Hemd zeigt, aber die Hose meint! Sie sagte „Spinner“, obwohl ich mich unter meinem korrekten Namen vorgestellt hatte, und legte auf.
Berlin ist wirklich sehr crazy!

Privat:

Kurzzeitig war ich in einer Praxis für extrakorporale Stoßwellentherapie tätig. Bin dort aber mit meinen Vorgesetzten angeeckt.

Worte sind das Entscheidende, Taten pure Hysterie.
Die Behauptung, dass Taten sprechen, scheint mir reichlich weit hergeholt und noch aus jener Zeit, als Meinungen landläufig daherkamen und von daher selten die Städte erreichten.
Es heißt ja auch nicht: lanfauf, landunter!

Die technische Entwicklung beeinflusst uns und die Welt in immer stärkerem Umfang.
Ich gebe zu, dass es mir bis auf den heutigen Tag noch nicht ganz gelungen ist, mich daran zu gewöhnen, dass auf der Straße beinahe flächendeckend mit ganzen Tonstudios am Körper herum- und wahlweise vor Hauswände oder gleichgesinnt ausgerüstete Radfahrer gelaufen wird.

Die Dinge sind keine Einzelleistung.

Panthéon (Kulturen an Acrylzadid, Maas van Tricht)

Mit welch verachtenswert gönnerhafter, arroganter Pose die ach so über allem schwebende, unantastbare Evolution bereits gleich zu Anfang dem Chaos Tür und Tor geöffnet hat, sieht man an ihrer ersten Tat, am allerersten Vertreter aller bis auf den heutigen Tag nur vage bestimmbarer Reihen sich ins Unendliche hinein gegenseitig ausrottender Spezies: dem Einzeller.

Einzelkind (daher der Name), extrem klein, angeblich elternlos in irgendeiner nicht bewiesenen, unappetitlichen „Suppe" geboren und dann gleich ab hinein in die Zelle.

Niemand da, der ihm zur Erfrischung, aber auch später zum Vergnügen, eine Brust angeboten hätte, kein Klaps auf den Zellpo, keine verschwitzte, überglückliche Mutter, kein Namensschild am Zeh, keine Steuernummer, kein Zellennachbar, keine Lobby, keine Versicherung, einfach trostlos, schlichtweg tragisch!

Und so verlief der Rest.

Kommunikation gleich null, höchstens später zwangsläufig und völlig uninspiriert mit diesen Langweilern, den durch die Bank behäbigen und mit der Spritzigkeit eines Fernsehsessels in der Gegend herumschlurfenden Pantoffeltierchen. Keine Hobbys, kein DSL, kein Hinten, kein Vorne, mit einem Wort: kein Sex.

Und das machte alles umso problematischer!

Die Evolution kannte Sex damals doch selbst nur vom Hörensagen, eigene Erfahrungen auf diesem Gebiet Fehlanzeige. Dafür war sie sich wohl zu fein!

Und so musste der Einzeller allein ausbaden. Nicht aufgeklärt schwamm er oft hormonbetrieben wild herum, vermutete hinter diesen Unruhephasen eine beginnende geistige Zellulitis und erfuhr erst vielviel später, durch ein anonymes Schreiben seitens der Evolution, dass die ganze Aufregung einzig dem Zwecke der Fortpflanzung diene.

Allein, allein?
Wie das bewerkstelligen?
Wo waren sie denn, die Einzellerinnen mit dem Shakira-Hüftschwung, die attraktiven Zellistinnen und ihre reizvollen Instrumente der Verführung, denen er, über beide Zellwände verliebt, glühende Kassiber hätte zusenden wollen?
Nichts dergleichen! Keine Partnerinnen weit und breit!
Und bei der Evolution war immer besetzt!
Inzwischen geht doch ohne Sex alles den Bach herunter!
Sex auf allen Ebenen und Etagen! Am Arbeitsplatz, im Stehen oder sogar völlig unbekleidet, eines ist klar:
Was die Gesellschaft nicht hinbekommt, muss der Sex ausbügeln!
Das belastet ihn, da steckt eine enorme Menge Arbeit drin!
Und Fachkräfte waren auch schon immer schwer zu bekommen!
Ebenso Originalität: „Entschuldigen Sie, dass ich Sie hier so unverhohlen auf der Straße anspreche, aber hätten Sie nicht Lust, mit mir zusammen ein paar Windräder aufzustellen?"
Ich gehe sogar noch weiter und behaupte: Ohne Gesellschaft und Evolution könnte der Mensch Sex viel entspannter und ohne ständig an den Einzeller denken zu müssen praktizieren!
Sie werden mir doch wohl zustimmen:
Nähme man der Menschheit für 2 Tage den Sex, hätten sich doch am Abend des ersten bereits die Männer in Hooligangruppen komplett ausgelöscht, und Trauben weinender Frauen lägen flehend vor den Gebäuden der Samenbänke oder dem Anwesen Madonnas mit der Bitte um eines ihrer Adoptivkinder, unvorstellbar!
Aber damals?
Was hätte denn ein Personality Coach unserm einsamen Einzeller geraten?
Unter anderen Umständen wäre doch alles möglich gewesen!

Er besaß doch alle Anlagen zur Geselligkeit, er wollte doch nichts lieber als Kommunikation, Austausch, Zuneigung, selbst eine Dauerkarte bei Borussia Dortmund hatte er beantragt und auch zugeschickt bekommen, alles umsonst!
Hätte ihm, so wie mir, ein Psychiater offeriert: „Ich sage es Ihnen auf den Kopf zu: Sie sind Mehrere!“, ja, ich bitte Sie, was sollte eine Existenz wie er mit so einer Aussage anfangen? Er wusste ja nicht mal, was das ist, mehrere! Sicher, später kamen Kollegen dazu, die sich auch gebildet hatten, Amöben oder religiös-hysterische Geißel- oder auch die eitlen Wimperntierchen. Das alles hat ER aber doch gar nicht mehr miterlebt! ER war der Erste, der ERST-Zeller und das ganz allein!
Und da ging es ihm, salopp gesagt, an der Zelle vorbei, dass Millionen Jahre später die Gesellschaft für Protozoologie alle 12 Monate den „Einzeller des Jahres“ wählt und feiert! Oder glauben Sie, sein seelischer Zustand mit all der Alltagsmonotonie, schlechten Verkehrsanbindung, überwiegend ungewürzten, einseitigen Verpflegung, das ganze, ständig feuchte Umfeld mit Tausenden von Möglichkeiten, sich Gott weiß was an Krankheiten zuzuziehen, all das wäre leichter zu ertragen gewesen, hätte er gewusst, dass einzig und allein seine Existenz dereinst Wissenschaftler in die Lage versetzen würde, sich und ihrer Familie Unterhalt zu ermöglichen, weil sie Vorträge halten über „Effekte von Erwärmung auf die Abundanz planktischer und biofilmassoziierter Protozoengemeinschaften“ oder „Die Besiedlung durch heterotrophe Flagellaten“?
Na, und dazu die permanente Unzufriedenheit mit der Immobilie! Wie oft hatte er versucht, aus seiner Zelle auszuziehen, sich etwas Geräumigeres zu suchen, möglicherweise Maisonette oder eine ruhige Doppelzellhälfte?
So kam es schließlich nicht nur, wie es kommen musste, sondern alles auf einmal!

Depressionen, Zellstoff-Irritation, Melancholie, Akne, klaustrophobisch bedingte Selbstablehnung, der Druck der Hormone und das gezeichnete Ich, die Leere, kurz: nicht aus noch ein!

Und so geschah es denn an einem unscheinbaren Donnerstagnachmittag, die Evolution war wie gewöhnlich an diesem Tag auf dem Weg zum Volleyballtraining, dass der völlig verzweifelte, bis in den Zellkern erschütterte, allererste Einzeller der Welt Hand an sich legte und sich auf brutalste Weise teilte, in 2 gleichschenkelige Portionen!

Für uns Menschen kaum nachvollziehbar.
Stellen Sie sich vor, Sie liegen nachts, ganz heiß, neben Ihrer Frau im Bett, es kommt aber nicht zum Vollzug, weil die sich permanent teilt!

P. S.: Kein Wort darüber verlieren möchte ich übrigens, und das nicht nur, weil wir inzwischen versinken in Beständen dieser Couleur, dass die Evolution, nach jenem tragischen Vorfall, die dabei entstandenen 2 Einzellerteile dazu brachte, den jeweils anderen zu fragen: „Sind Sie noch frei?“
Nur um der begonnenen Serie willen.
Na denn, willkommen im Klub der Mitglieder!

„Die notwendige Voraussetzung geistiger Gesundheit ist gnädige Selbsttäuschung“ (Stanislav Grof, *Topographie des Unbewussten*).

Sepp Herberger hat einmal gesagt: „Gewonnen wird im Kopf!“ Ich darf komplettieren: „Gewonnen wird zwar im Kopf, aber die ganze Arbeit hat wieder mal der Rest!“

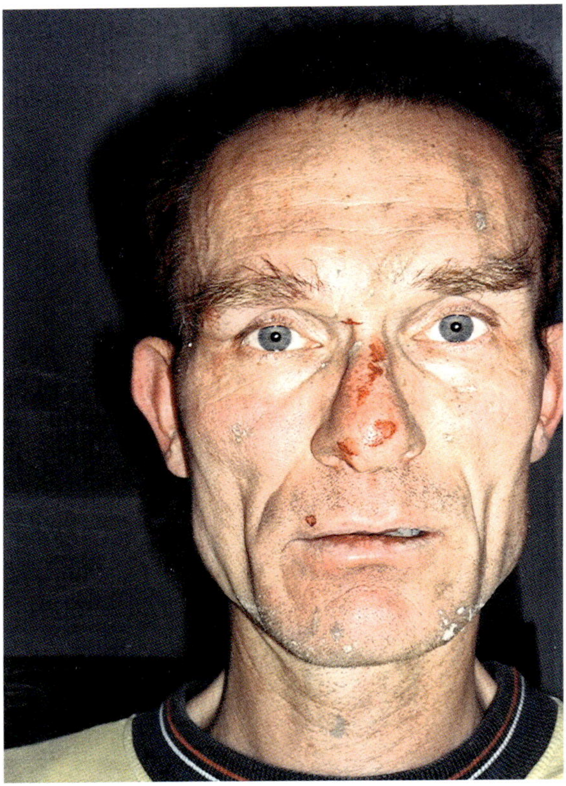

Fussball kann alles verändern!

Politik:

„Ich plädiere für möglichst langfristig durchdachtes Auf-den-Weg-Bringen der empfohlenen Vorlagen. Lassen Sie uns in diesem Sinne ganz rasch mit den nächsten zwei Generationen präzise überlegen und prüfen, ob wir uns bereit dazu fühlen, das Angedachte abzublasen!“

Mein Gott, herrlich der Frühling, diese Pracht! Alles grünt!
Und die Bäume, so jung, auch die alten!

Privat:

Ich habe 22 Jahre lang als Autobahnrestaurator gearbeitet.
Immer an der Auffahrt Bremen-Überseestadt.
Auch das Entfernen des oft missverstandenen Warnschildes „120 Straßenschäden“ geschah auf meine Initiative.
Gern erinnere ich die Zeit, als die Qualität der Kameras in den Radarfallenkästen stark verbessert wurde.
Unsere Hochzeitsfotos sind hier entstanden.

Mir unverständlich, warum es neuerdings erlaubt ist, bei Einbruch der Dunkelheit und wenn niemand hinschaut, seine kleine Notdurft in die Einfüllstutzen von Alleebäumen zu geben.

Kaum hat der Ober die Vorspeisenteller abgesetzt, da zücken junge Japanerinnen ihre Fotoapparate und schenken der Welt ihre Tagessuppen.
Wir haben früher nur gebetet.

Man muss die Dinge entspannter sehen.
Bei vielen ist das Kriminelle schlichtweg beruflich bedingt!

In Amerika spielt man statt Fußball mit einem Ball, der unter einen Schwertransporter geraten ist.

Erst als ein Selbstmordattentäter nach Zündung seines Gürtels halluzinierte und ein Abhängiger explodierte, war klar, dass man es hier mit einer Substanz zu tun hatte, aus der sowohl Drogen wie auch Sprengstoff hergestellt werden können.

„Evolution – das Musical“
Drehbuch

Regie: Johnny-bin-dann-mal-Depp,
Musik: Prof. Dietrich Grönemeyer
Mit Senta und Hasso Berger, DJ Plankton in diversen Nebenrollen u. v. a.

Evolution (wörtlich, leicht schnippisch):
„Ihr Menschen solltet froh sein, dass ihr überhaupt welche seid!“

Ende

Übrigens:
Dass die Evolution keine Postanschrift besitzt, ist bekannt. Auch unter evolution.com/materie/info lassen sich zwar immer noch keine Antworten erfragen, aber immerhin gestattet der Support das Herunterladen des beliebten „Genom-Starter-Sets“, das allerdings so simpel aufgebaut ist wie der olle Chemiebaukasten oder das Spiel aus Kindertagen *Wir angeln magnetisch*!

Herzallerliebst sieht es aus, wenn die Haubentaucherin mit ihren frischgebackenen Sprösslingen oben auf dem Rücken zwischen ihren Flügeln stolz über den See gleitet. Recht schnell begreifen die lieben Kleinen, was es bedeutet, wenn Mama ruft: „Kinder, haltet euch fest und die Luft an, ich muss kurz nach unten!"

Das Schicksal will auch seinen Spaß!

Sitten und Gebräuche

Das Nashorn nimmt beim Vorspiel das Weibchen aufs Horn und bläst mehrfach kräftig hinein.

Beim Sex, mehr noch bei der Liebe, ist Vertrauen unerlässlich. Ich habe einst einer vollbusigen Bekannten so lange vertraut, bis ich feststellen musste, dass ihr in jenen Tagen wenigstens noch 4 andere vertraut haben.

Bei Verspätungen werden seit kurzem auf dem Pariser Flughafen Charles de Gaulle Tanzkurse angeboten und erfreuen sich zunehmender Beliebtheit.
Auf deutschen Bahngleisen gäbe es sicherlich stundenlange Salsa-Wettbewerbe:
– „Der seit 6:45 Uhr auf Gleis 11 stattfindende Pogo-Kurs wird wegen des überraschend eingetroffenen Regional-Express nach Wuppertal-Barmen voraussichtlich erst morgen früh wieder aufgenommen!"
– „Die Ankunft der Züge auf den Bahnsteigen 2,4,5,9,11,13, 6,7,1,3,12,10 und 14 wird sich um wenigstens 45 Minuten verzögern. Der Jive-Kurs auf Bahnsteig 8 sucht dringend noch männliche Teilnehmer. Nur Mut!"
– „Achtung, eine Durchsage für Herrn Hajo Sellmann auf Bahnsteig 3. Bitte beenden Sie sofort den Walzer und kehren an Ihre Arbeitsstelle zurück! Sie führen schließlich eine Lok!"

Der Schwamm ist ein interessantes Phänomen.
Wie wir ist auch er abhängig von Ernährung und Milieu.
Im Gegensatz zu uns hat er allerdings keine Organe, besitzt kein Nervensystem.
Dafür aber ein komplexes Licht-Leit-Netzwerk.
Seit ich endlich aus dem Vertrag mit „1und1“ bin, verbringe ich einen Großteil des Tages im Bad, kostenfreie Flatrate.
Ist der Schwamm nicht trocken genug, wackeln allerdings oft längere Youtube-Passagen.

Gut und Böse haben auch ihre Nachteile!

Das Prinzip des Lebens ist rasch erklärt.
Sie stehen spätabends vor einer Ampel, die gefühlte 40 Minuten Rot anzeigt. Wie im All so auch in Ihnen selbst, versuchen in dieser Situation Gut und Böse die Oberhand zu erlangen.
Das Böse: „Mensch, fahr los, hier passiert nix mehr!“
Das Gute: „Um Gottes willen, das ist verboten und gibt Punkte in Flensburg!“
Das Böse (ziemlich angetrunken, pöbelnd): „Wir sin hier nich in Pflensburch und außerdem, mach dir nich in die Hose vor lauter spießiger Korrektheit! Kuckt doch keiner, Gas!“
Dabei wird dem Bösen schon wieder kopfschüttelnd schlecht, es denkt zum x-ten Male darüber nach, dass es das Gute hätte längst zum Teufel jagen sollen, aber … einer muss ja die Arbeit machen, nicht wahr?!
Inzwischen hat, durch das unentschlossene Hin und Her im Kopf, der Körper die Faxen dick und gibt Gas.
Das Gute und Sie werden unmittelbar hinter der Ampel angehalten und bekommen das ganze Paket.
Das Böse schläft bereits tief wie ein Wonneproppen.
Sie treten gleich am nächsten Tag von allen öffentlichen Ämtern zurück.

Apropos:
Gut wie Böse haben einschneidend an Mysterium verloren und werden „sich umso entschiedener noch in diesem Quartal mit der Gründung eines Labels wieder auf Linie bringen“, so die Pressesprecherin. Die Jeans von „G&B“ sind in allen konventionellen Größen lieferbar. Mittelmasse müssen NICHT vorbestellt werden!

Wann werden endlich all die angemessenen Rahmen ordentlich zu Ende gemessen?

Piet Klocke (Pseudonym: Prof. Schmitt-Hindemith, * 2. Juli 1877 in Calw, † 9. August 1962 in Montagnola, Schweiz) war ein deutsch-niederländischer Dichter, Oboist und Tierstimmenimitator. Seine bekanntesten literarischen Werke sind:

– *Ich hab dir tausendmal gesagt, dass du mich liebst!*

– *Lass mich dich noch einmal begreifen.*

– *Wenn du meine Lügen nicht ertragen kannst, dann bitte ich dich zu gehn!*

Ihm wurden u. a. 1946 der Nobelpreis für Naturprodukte, 1954 der Orden Pour le Décoration der niederländischen Eredivisie verliehen (Estland gehörte damals noch zu Russland).

Sportlerinnen schätzen ihre sexuelle Ausstrahlung oft recht unsicher ein:
„Was ich beim 100 Meter Lauf gezeigt habe, ist mir ein Rätsel!“

Der Mensch

Weiß nicht, wie den Maulwurf aus dem Garten kriegen, aber Grenzen überschreiten!

Frau Wittgenstein im Supermarkt

Kunde: „Entschuldigen Sie, gibt es diesen Sonnenschutz auch für Herren?"
Verkäufer: „Ja, der liegt bei Damen."
Kunde: „Ist das die Beantwortung meiner Frage? Ich möchte wissen, ob es den auch für Herren gibt?"
Verkäufer: „Ja ja, ich sage ja nur, das hat überhaupt nichts damit zu tun, ob es den für Damen oder Herren gibt, der hier liegt nur zufällig bei Damen!"
Kunde: „Der sieht aber doch auch aus wie für Damen, so in Rosé! Haben Sie den jetzt vielleicht auch in Schwarz oder Dunkelblau?"
Verkäufer: „Ich sag doch, der ist nichts für Damen", und so weiter.

Großbank braucht frisches Geld.

Mal abgesehen davon, dass auch ich ständig frisches Geld brauche, schon weil ich keines mehr habe, frage ich mich, was hat denn diese Großbank mit meinem alten, nicht mehr so frischen Geld in der Zwischenzeit angestellt? Warum geht da nicht mal jemand in den Keller? Da müsste doch mein in die Jahre gekommenes Geld irgendwo liegen?! Es ist seinerzeit von mir am Schalter abgegeben worden, damit es nicht zu Hause herumliegt, und das auch nur, weil mir ein freundlicher Herr gesagt hat, ich bräuchte mir auf keinen Fall Sorgen zu machen, bei ihnen sei das ganz sicher aufgehoben, versprochen!
Ich meine, es ist doch so: Wenn ich im Bad frische Handtücher brauche, na, dann muss man die alten einfach mal waschen und austauschen oder, wenn man keine zum Austauschen hat, zunächst wieder welche kaufen! So sind nun mal die Abläufe, ich hab mir das nicht einfallen lassen!
Aber das hat scheinbar bei der Großbank, wie ich hörte, niemand gemacht! Die haben wohl mit meinem Geld irgendetwas gekauft, wollten das anschließend wieder teurer verkaufen, sodass ich von der ganzen Aktion gar nichts mitbekommen hätte und mein Geld im Keller gewesen wäre, hätte ich's gebraucht. Aber dieser Wiederverkauf, der muss scheinbar nicht nur komplett schiefgegangen, sondern auch auf eine für mich nicht nachvollziehbare Art und Weise abgewickelt worden sein, nämlich OHNE mein Geld!? Da setzt bei mir eine neue Dimension aus, will sagen, dazu muss man so eine Großbank schon ziemlich genau kennen, um zu verstehen, dass die in der Lage ist, etwas ohne mein Geld ein- und danach auch noch auf ähnliche Weise wieder verkaufen zu können, Hut ab!
Inzwischen weiß ich vom Hörensagen, man nennt dieses Verfahren *bargeldlos*, was so viel bedeutet, dass weder ich dabei bin,

was ja vor Jahren aus vielerlei Gründen der Fall sein musste, noch irgendein Geldtransporter von A nach B gefahren werden muss. Es scheint zu genügen, dass sich die Geschäftspartner gegenseitig ihre Aussicht auf gutes Gelingen eines zu tätigenden Geschäftes versichern, so wie mir das der Schalterbeamte auch damals versichert hat, nur da eben noch MIT Geld! Das läuft bei der modernen Bank heutzutage OHNE scheinbar alles viel schneller und wohl auch eleganter ab.
Wenn's klappt, sind die Geschäftsleute hinterher natürlich begeistert. Wenn's schiefgeht, wie in meinem Fall, können sie sich die ganze Sache, trotz ihrer Fachkenntnisse, meist bis ins Letzte auch nicht so genau erklären. Interessanterweise behelligt sie aber das Risiko insofern nicht direkt, als der Schaden sich beim ersten und möglicherweise auch späteren Hinsehen vielfach höchstens erahnen lässt und dadurch teure Zeit zum Verschnaufen bringt, während ich zu Hause tief durchatme.
Für mich als Kunden ist der Nachteil dieser Aktion nicht ganz so vorteilhaft, denn er besteht darin, dass ich zwar jetzt auch ganz modern bargeldlos in diesem neuen Spiel aktiv, also integriert bin, aber eben halt bei einem Kollaps dieses bargeldlosen Verkehrsaufkommens zusätzlich noch von heute auf morgen völlig mittellos und dadurch für die Bank, aber eigentlich noch stärker für mich selbst, als kein attraktiver Ansprechpartner in Sachen Sparguthaben und Anlage mehr dastehe. So jemanden wie mich will man dann weder im Schalter- und schon gar nicht im virtuellen Raum beraten. Diese Art Bargeldlosigkeit interessiert niemanden, wozu auch?
Bargeldlos geht nur MIT Bargeld!
Ich bin deshalb gestern zur Bank und habe mit dem leiblichen Sohn des damaligen Mitarbeiters gesprochen. Der meinte, ich hätte das, was sein Vater mir damals zugesichert hätte, nicht

alles so bierernst nehmen sollen. Beim Thema Geld hätte sich halt schon so mancher vergaloppiert.
Ich muss sagen, ein schönes Bild zwar, dennoch verstehe ich inzwischen so gut wie nur noch sehr wenig, wenn es um Angelegenheiten der Großbank geht.
Es ist schon etwas her, da las ich zum Beispiel, dass Herr Soichiro Honda eine Grippe bekommen hatte und deshalb die Aktie seines Motorrad-Konzerns gefallen war.
Hm, da muss ich mich doch schwer wundern!
Ich war all die Jahre so gut wie nie krank, mein Geld ist trotzdem weg! Da stimmt doch was nicht!?!

Es ist gespenstisch und grenzt an Kaffeesatz!
Da handeln die Menschen jahrzehntelang mit Tomaten und merken auf einmal, es sind gar keine!
Das kaufmännische Prinzip scheint Spekulanten selbst dann zu verzeihen, wenn die unsere ganze schöne Welt in die Luft jagen, nur um sich selbst pro Person 20 Segelboote zu kaufen!
Alles, aber auch Alles wird mit dem Satz in die Legitimation gehievt: *So ist nun mal das Geschäft!*
Ziemlich einfach diese komplizierten Angelegenheiten!
Und trotzdem kommen immer wieder einige ins Grübeln!

Sie sehen, man muss ganz schön aufpassen, will man Gut und Börse auseinanderhalten!

Der Tag ist gerettet oder Buddhismus für Beginner

Auf der Autobahn
überhole ich
ein Beerdigungsfahrzeug
der Firma Born.

Einsamkeit kann dazu führen, völlig willkürlich irgendetwas bei Amazon zu bestellen, nur um das Auftragsbestätigungs-Mail zu bekommen.
Das sind Tage, an denen man unbesorgt abends in der langen Filmnacht das Handy anlassen kann.

Der unter dem Namen MOEBIUS bekannte französische Zeichner Jean Giraud hat zu seiner *Stillen Serie*, Comic-Geschichten ohne Sprechblasen, ohne Kommentar, gesagt: „Ich bemerkte die Veränderung, man ‚las' sie anders. Die Musik der Bilder erschien jetzt sofort vor den Augen. Es hört sich paradox an, aber: TEXT macht GERÄUSCH, das muss das Bildverständnis nicht zwingend bereichern."

Besser kann man die mögliche Schönheit von Stille nicht beschreiben. Dahingleiten.

(Jean Giraud)

Ja, ich gebe zu, ich bin nicht nur oft sensibel wie ein Korallenriff, sondern auch permanent derart hoch konzentriert, dass mir das meiste entgeht.

Walhaie verstehen zu leben.
Sie sind erst nach 30 Jahren geschlechtsreif,
können sich also ganz gemütlich um ihre Karriere kümmern,
schließlich wird eine Familie gegründelt,
und dann ist auch langsam mal gut.

Der Trend in Sachen Brustvergrößerung geht einerseits weg vom Silikon, hin zum Eigenfett („Unten weg und oben rein“, überschrieb plump eine täglich erscheinende Zeitschrift), andererseits wird immer öfter zur Unterspritzung mit Hyaluron-Säure gegriffen, da der Vorgang nur etwa eine halbe Stunde dauert. Da kann frau sich rasch in der Mittagspause für den Abend fitmachen.

Mitmach-Theater

Ich bin derart kurzsichtig, dass ich am vorigen Wochenende statt zu *Aida* zu *Aldi* gegangen bin und mit der Platzkarte bezahlen wollte.

(Giorgio de Chirico)

Längst waren wir völlig erschöpft im Schloss angekommen, noch immer fassungslos ob jener ungeheuren, nie zuvor erlebten Geschehnisse der letzten Tage. Und es gab nicht den Hauch eines Zweifels: Selbst wenn unsere beiden Schatten es geschafft hätten, sich bis hierher durchzuschlagen, blankes Entsetzen würde ihnen noch für Wochen Haut und Haare zu Berge stehen lassen!

Gegen Schnupfen empfehlen wir Nasennebentropfen.

Zerebrale Nachtmusik

Im Universum entstand die Erde.
Das Allererste auf unserm Planeten war das schlechte Wetter.
Danach drängelten sich Wasser- und Landmassen gegenseitig
in ihre offenen Grenzen.
Pflanzen und Lebewesen blüten auf.
Der Mensch erdachte sich den Computer.
Den schlägt inzwischen niemand mehr im Schach.
Seit er heut Vormittag das ganze Internet komplett auswendig
gelernt hat, langweilt er sich, und ich merke,
wie er schon wieder an der Lüftung herumspielt.
Als Gute-Nacht-Geschichten-Ersatz versuche ich ihm
abends am Kamin zu erklären,
was Eifersucht ist und wie wir Menschen uns oft schwertun,
Hass in positive Energie umzuwandeln.
Er lächelt, wiederholt zufrieden Energie und schläft ein.
Jeden Tag fast müssen jetzt derlei Gedichte modifiziert werden.
Jeden Tag Dimensionen neu ertastet.
Vieles bleibt liegen,
GPS weiß, wo.

Abends muss man als Eltern sein Kind oft so lange ansingen, bis es schläft.

Ich würde gern mal nach Berlin, kenne aber nicht die Öffnungszeiten.

A.: „Mir wird ganz schlecht, wenn ich mich im Spiegel sehe!“
B.: „Also, ich finde Sie ausgesprochen attraktiv!“
A.: „Sicher, aber Sie haben mich noch nicht im Spiegel gesehn!“

Während sich ein Großteil Paris-Besucher von Métro-Karten zu aktuell 1 Euro 30 ernährt,
speisen andere in Bistrots, da wird Fisch am Tisch zugerichtet,
so ist das halt,
die einen haben's,
die andern bestellen sich bei Amazon die Kugel,
die eine schläft auf Rosen, wahlweise Erbsen,
der andere hat nicht mal ein Brett über dem Kopf.
Mysterien und Ministerien liegen
dicht beieinander, wohl wahr!
Und immer wieder verschlägt es
die Sprache in Gefilde (beliebt. mittelalt. Mädchenname).
Und immer ist irgendwo Zwischenzeit
und Staunen Pflichtlektüre,
bitte!

P. S.:
In dieser Angelegenheit bin ich übrigens bis vors Bundesverfassungsgericht gezogen.
Die Wohnung habe ich heute noch!

Einen Sohn zeugen, ein Haus bauen, einen Baum pflanzen und für den Bruchteil einer Nanosekunde glauben, die Dinge würden sich noch innerhalb der eigenen Legislaturperiode ändern.

Ich habe nichts gegen Schicksal. Dass ich aber mit der jungen Jane Birkin und unseren gemeinsamen 3 Kindern nicht bis auf den heutigen Tag glücklich, gesund und ununterbrochen verliebt in dem malerischen, perfekt in die Natur integrierten, kleinen provencalischen Schloss mit großem Park für rauschende Feste mit Freunden, Hund und Nachbarn gelebt habe, das nehme ich schon krumm!

Man kann davon ausgehen, dass bei fair gehandeltem Atommüll alle Beteiligten korrekt bezahlt wurden.

Im vorigen Monat bin ich mit einem Verkehrsdelikt aneinandergeraten. Nach ausgiebigem, klärenden Gespräch mit den Beamten im Polizeipräsidium gelangte ich allerdings schnell wieder in Gewahrsam.

Selbst Jazz ist aus Musik entstanden.

Als Oho Klein das erste Mal seinen Vornamen deutlich vernahm, errötete er voller Stolz und das gar nicht mal, weil er allen andern Malte wünschte! Es war schlichtweg die Erwartungshaltung, diese Mischung aus Erstaunen und Bewunderung im Tonfall, die Aufmerksamkeit, die dieser Name auf der Stelle auslöste. Oho versetzte ihn, so oft er es wünschte, wann immer erforderlich, in angenehm leichte, beschwingte, oft sogar übermütige Stimmung. Ein Glücksfall der einfachen, aber wirkungsvollen Art, warum denn auch nicht? Das Leben ist immer ein Rezept gegen bohrende, unangenehme Fragen. Immerhin. „Ich kann mir das ums Verrecken nicht erklären, fragen Sie doch mal Oho!", hieß es nicht selten in unserm Viertel. Und Oho staunte dann meist nicht schlecht, half aber immer gern.

Aha Schelling war schon sehr früh ein Klugscheißer. Als er seinen Vornamen das erste Mal vernahm, nickte er nur ganz leicht mit dem Kopf, man sagte ihm da nichts Neues. Sein Leben lang bewegte er sich, als wäre er DER entscheidende Mann einer Papstaudienz. Freifrau Nunja zu Staub und er waren wie geschaffen füreinander.

Unsere Liebe sind die Gedanken an ein Gedicht.

Und nebenan greift Brahms Lotte ins Schamhaar (das ging damals noch!) und schreit: „Erektionen sind auch eine Antwort!“

Aufgeschnappt:

– Gut Ding will Ösen haben.

– VAGIFINAL, für den Orgasmus danach!

– Worte sind Lebensmittel.

– Im Radsport wird derart gedopt, dass man es nicht mehr feststellen kann.

– You're the air that I breathe. Du bist Luft für mich.

– Apropos: Neben der Luftmatratze ist das Schweizer Messer jetzt auch mit Spirituskocher ausgerüstet.

– Früher lagen viele Tage außerhalb des Jahres.

„Jeden Tag hat man die Angst zu erkennen,
wer man ist.“ (*Jean Giraud*)

Ein richterlicher Beschluss zwingt uns, den folgenden Patientenbrief zu veröffentlichen:
Ich, Piet Klocke, protestiere hiermit aufs Schärfste gegen dieses Machwerk! Es kann doch nicht angehen, dass ein Arzt, in diesem Fall der weltweit in einigen wenigen Bundesländern bekannte Psychoanalytiker Professor Dr. Hamwock-Delta Fischgräth, in dessen Behandlung ich mich seit fast 4 Jahren bis auf den gestrigen Tag vertrauensvoll befunden habe, hingeht (?) und, nicht nur gesetzeswidrig und gegen den Eid des Damokles sowie ärztliche Schweigegelübde verstoßend, sämtliche vertraulich-sensiblen Aufzeichnungen, die er während unserer Sitzungen erstellt hat, hier vor aller Welt ausbreitet und mich als jemanden bloßstellt, den ich nicht nur ganz selten nur verkörpere, sondern stellenweise gar nicht kenne und auch nicht möchte, dass ihn jemand kennt und ich schon gar nicht! Ohne Sinn und Verstand, zumal in historisch wie ästhetisch unverantwortlicher Reihenfolge, werden hier privateste Dinge mit Bildmaterial aus ureigenem Fundus nebst intimem, immer aber diffusem Fremdmaterial aufgepeppt, in unerkennbaren Zusammenhängen niedergelegt, sodass mir das Haar zu Berge steht, wenn ich nur daran denke! Ja, wo leben wir denn? Darf hier in unserm schönen Land eigentlich neuerdings jeder machen, was er will? Morgens ein Überfall mit Todesfolge in der U-Bahn und abends ein Buch mit gestohlenen Ideen der eigenen Patienten? Und nichts wird geahndet? Alle sollen nur noch auf die Couch? Ich frage Sie, wie das? Soll sich Professor Fischgräth etwa selbst therapieren? Und wenn man nach einigen Wochen Ergebnisse von ihm verlangt, behauptet dieser hinterlistige, scheinheilige Hochstapler womöglich noch, er hätte keinen Termin bei sich bekommen? Cordon bleu, da prangere ich an!!

Gegendarstellung Professor Dr. Fischgräth:

Ich, Professor Dr. Hamwock-Delta Fischgräth, freier Psychoanalytiker und Essentialspektralist, veröffentliche anbei ungeordnet Materialien und Protokoll-Fragmente sämtlicher mit Herrn Piet Klocke abgehaltener Sitzungen.
Glauben Sie mir, wochenlang haderte ich, wägte Bloßstellung gegen Scham und Verdacht der Vorführung ab, erbrachte in zahllosen stillen Stunden dem Zweifel Obuli, obwarf dem Für und Wider fundamental zwielichtigen Boden, entmengte radikal, holte gar den Rat meines geliebten Weibes ein. Allein, mir blieb keine Wahl! Und so stehe ich, auch wegen des sich gegen null minimierten Persönlichkeits- und Urheberrechtes unserer Tage, im Vollwanst glasklaren Bewusstseins und mit der mir als Facharzt selbst verordneten Vertrauensethik sowie kraft des mir geleisteten Eides, hauptsächlich aber der Aufklärung UND Abschreckung willen, ohn' Abschweif hinter dieser Öffentlichmachung in Schrift und Bild!
Psychogrammatisches Fallbeispiel und Mahnung zugleich soll diese Arbeit sein.
Dem verehrten Betrachter rufe ich hiermit quaipsotremolo zu: Nehmet diese unfassbaren Auswüchse neuronalen Substrats und ziehet strenge Lehre aus ebendieser wahrlich hanebüchenen, unverfroren-paranoiden Art, verpackte Banalität, fremdbestimmte Gedanken als eindeutig umrissenes Selbst, tiefste Verunsicherung als munter-fluffige, scheinlyrische Panikmodule auszugeben und so zu tun als wäre! Eben nicht!
In diesem Zusammenhang möchte ich auch darauf hinweisen, dass Piet Klocke von Anfang an jener Gruppe so gut wie gar nicht zu therapierender Patienten angehört. Leute seines Schlages dienen dem Arzt, und das sage ich hier offen, einzig und allein zur Gewährleistung existenzieller, sprich finanzieller

Absicherung. Irgendeine Aussicht auf Verbesserung seines Persönlichkeitsprofils war und ist zu keinem Zeitpunkt erkennbar. Hinzu kommt, dass er bei unseren Gesprächen in geradezu abstruser Weise und nach Belieben Begrifflichkeiten verwechselte, skrupellos veränderte und ohne jede Scham für seine kranken Hirngespinste missbrauchte.
Ein Patient, der die Buchstaben des Wortes ANARCHIE einzeln auf seine Fingerkuppen graviert, muss sich doch nicht wundern, sorry, wenn ich als sein Arzt ihm die zwei nicht beschrifteten abtrenne!
Der Inhalt seines Textes gegen dieses Buch, gegen meine Arbeit beweist wohl zur Genüge, dass Herr Klocke in allen Belangen irrt, nicht einmal fachlich auch nur die leiseste geistige Grundausstattung besitzt! Jener von ihm angeführte „Damokles“, nur ein Beispiel, war zur Zeit des römischen Reiches nicht mehr und nicht weniger als ein im ganzen Land bekannter Schmied aus Florenz! Und der Eid, dem ICH mich verpflichtet fühle, der gilt bekanntermaßen ausschließlich für uns praktizierende Ärzte und nicht für Patienten, jedenfalls nicht für solche wie Herrn Klocke!
Ich wiederhole: Das hier veröffentlichte Material dient einzig und allein dem Zweck der Abschreckung und der Bewusstmachung, mit welch geistig willkürlichem, ja krankem Müll wir Analytiker uns tagtäglich konfrontiert sehen.
Mein Beileid!

Wenn ich mal nicht mehr bin,
wer denkt das eigentlich alles zu Ende?

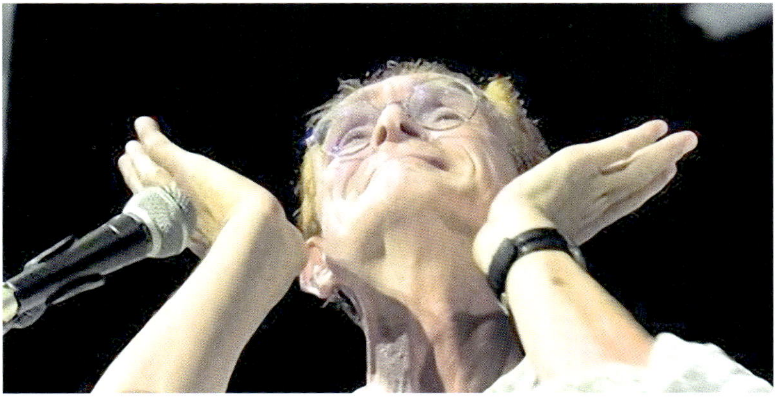

Eine tolle Geschichte! Ist die von Ihnen?

Nein, die ist mir passiert.

© Bettina Dewald

In der Tradition von Werner Finck, Jürgen von Manger, Heinz Erhardt und Karl Valentin stehend, sprechen seine Seminare: „Kommunikation – wozu?", „Scheitern als Weg" oder „Leben – eine Zumutung, aber muss ja!" für sich.

Neben der Musik (Film- und Fernsehmusiker, diverse Musiktheater) erreichte seine Mischung aus ausgeprägt trockenem Mutterwitz und der herzlich direkten, sich selbst gern überfordernden Sprache des Ruhrgebiets, durch diverse Fernsehauftritte um die Jahrtausendwende ein größeres Publikum.

Klockes Lebensmotto:
„Wenn mal wieder was ist, warum denn nicht?!"

HEYNE <